中公文庫

田辺聖子の

万　葉　散　歩

田辺聖子

中央公論新社

田辺聖子の万葉散歩　目次

第一章　万葉百首――「萬葉百首繪かるた」によせて

第二章　私の好きな万葉秀歌

田辺聖子の万葉散歩

第一章　万葉百首──「萬葉百首繪かるた」によせて

のびやかな本音の歌

石走《いはばし》る垂水《たるみ》の上のさわらびの萌え出づる春になりにけるかも

志貴皇子《しきのみこ》（巻八・一四一八）

このたび主婦の友社で、昭和初年に作られた美しい「萬葉百首繪かるた」が発見されたことはまことに喜ばしい（編集部注　同社社屋改築時に地下から未加工の刷り物が発見され、それをかるたに仕立てて、復刊したことを指す）。（平福）百穂《ひゃくすい》、（安田）靫彦《ゆきひこ》、（小林）古径《こけい》、（前田）青邨《せいそん》、（野田）九浦《きゅうほ》氏らの画伯がそれぞれ想を凝《こ》らされた絵と、（尾上）柴舟《さいしゅう》氏の典麗な仮名書きのかるたを見て私は、思わず嘆賞のためいきをもらしてしまった。

なんという美しい芸術品だろう。

こういう企画を実現させた、当時の主婦之友社の充実ぶりもさりながら、昭和初期という時代の、ただならぬ「万葉」への傾倒と心酔を思わずにはいられない。あの時代の物狂おしいほどの情熱が凝《こ》って、こんな一《いっ》顆《か》の珠のごとき絵かるたを作らせたといえるであろう。その頃の日本人が『万葉集』に捧げた鑽仰《さんぎょう》は、ほとんど祈りといえるほどのものだった。

私の学生時代はおもに昭和十年代の後半だったから、教わる古典、世間で目に触れる古典、ほとんど「万葉」一色であった。時代は軍靴のひびきと硝煙の臭いに掩《おお》われようとしていた。一部の学者と軍人は国粋主義や日本精神と『万葉集』を結びつけようとした。実際、私たち学生が教わるのは、勇ましい戦意昂揚歌や、天皇への忠誠の歌ばかりであった。

しかし『万葉集』はもちろん、そんな作品ばかりではない。

全二十巻、四千五百余首、西紀五百年代、六百年代、七百年代のほぼ三百年にわたる一大民族詩集である。恋歌も民謡も悲しみの歌もあれば悲憤の歌も歓喜の歌もある。素朴な土臭い歌、繊細な近代知識人のニュアンスを思わせる歌、多彩絢爛《けんらん》である。しかも中古王朝の文学より、表現がはるかに直截《ちょくせつ》的で現代人にはわかりやすい。

戦争へとなだれを打って傾斜してゆく時代、暗い冬の到来を予感させる時代に、人間性を解き放つ『万葉集』は人々の心のよりどころとなった。

防人《さきもり》の、召されてゆく男があとに残る妻子に思いを寄せる歌、夫を徴《ちょう》されてゆく妻の歌、それはそのまま、戦地へ送られる男と、それを見送る女の歌だった。軍国主義の下では恋の歓びを唱うこともはばかられるが、『万葉集』にはそれら、人々が歌うべかりし本音の歌が、ひそかな代弁者としてある。

いさましい歌を言挙《ことあ》げしつつ、一方で本音の歌を当時の人々は支持していたのではなかろうか。この「萬葉百首選」には『万葉集』と当時の国粋主義との蜜月を示す作品も採られているけれども、恋歌も叙景歌もひとしく拾い上げられて、当時の人々の目くばりがゆきとどいていることを思わせる。

さて、志貴皇子のお歌を冒頭に据えたのは、よく知られるように巻八の「春雑歌《はるぞうか》」の巻頭にあり、「志貴皇子の懽《よろこび》の御歌」となっているからである。

〈岩にしぶきをあげる滝のほとりに、早蕨《さわらび》が萌えている。春になったのだなあ〉

春の宴会の歌か、といわれるが、長い冬が終った喜びが、なだらかなしらべに盛られている。「万葉」が昭和の初めに愛された理由の一つに朗誦《ろうしょう》に堪える骨太な、しかも流麗なリズム、というのがある。当時の人々は、朗々と「万葉」を詠ずるのを好んだ。この歌、「垂水の上のさわらびの」と「の」音が重複して、音楽的である。志貴皇子は天智帝の第七皇子。世が天武朝となってからは生きにくい世を生きぬいた人である。そういう境遇の身に、どんなに嬉しいことがあったのだろうか。春がきたことによそえて、心一つに押えかねた歓びをうたう。

あかねさす紫野行き標野《しめの》行き野守《のもり》は見ずや君が袖振る

額田王《ぬかたのおおきみ》（巻一・二〇）

『万葉集』中、今やもっとも人気ある歌ではなかろうか。この歌はあとにつづく大《おお》海人皇子《あまのみこ》の「紫草《むらさき》の匂へる妹《いも》を憎くあらば人妻ゆゑにわれ恋ひめやも」と対《つい》になって現代人に愛誦されている。

〈紫草のいちめんに繁る野をゆき、標《しめ》を結んで禁じられた野をもふみしだかれて、あなたはまあ、私に袖をお振りになる。

野守《のもり》が見ているじゃありませんか……〉

時は五月の五日であった。天智帝は滋賀県の蒲生野《がもうの》に薬猟《くすりがり》をされる。鹿の袋角《ふくろづの》や薬草を採る宮廷あげての遊猟である。宴会の席で額田王はそう唱う。こたえて大海人

は、〈紫草のように美しいあなたを憎いと思うなら、なんでこうも恋しようか、人妻のあなたを、だよ……〉

額田王はそのかみ（二十年ちかい昔になろうか）大海人皇子の愛人であった。二人のあいだには十市皇女《とおちのひめみこ》という姫も生まれている。そして額田王はいま大海人の兄、天智帝の愛人になっている。やがて数年のちに来る、日本はじまって以来の大動乱、壬《じん》申《しん》の乱を向うに透かしてみれば、この歌は一層、ドラマチックに思える――そういう風に従来は鑑賞されてきたが、額田王自体に謎が多く、彼女は宮廷詩人（柿本人麻呂のような）であって、この歌も遊宴を盛り上げる祝《ほ》ぎ歌、縁起のよい宴会歌のようなもの、という説もある。大海人がそれに即興で返し、二人の過去は宮廷人も周知の事実であるから、いっそう人々の感興をそそったのではないかという。

これは本来なら、相聞《そうもん》に入れるべき内容なのに、巻一の公的な場での歌、「雑歌」に入れられているところを見ると、プライベートな述懐とばかり受けとれないようだ。

現代人の感覚ではわかりにくい古代習俗をも考えに入れるべきだろう。

しかしそれはそれとして、この歌の愛すべき明るさ、派手やかさ、心ときめきする美しいしらべはどうだろう。陽光とかぐわしい花や樹液の匂い、人々の歓声、どよめきがたちのぼりそうな歌である。額田も大海人も四十前後の中年であったろう。したたかで世故たけたかつての恋人同士は、ユーモアでもって巧妙にカムフラージュしつつ、消えやらぬ愛を戯《ざ》れ交す。まことにのびのびした大人の恋歌である。

あぶら火の光に見ゆるわが蘰《かづら》さ百合の花の笑《ゑ》まはしきかも

大伴家持《おおとものやかもち》（巻十八・四〇八六）

この歌は家持の越中守赴任時代の作品である。天平十八年（七四六）から五年間越中にいた家持は三十代のはじめ、異郷の珍しい風物に刺激されたのか、創作意欲はさかんで贈答歌も多くよんでいる。初夏の一日、越中国司の役人・秦《はだの》伊美吉《いみき》石竹《いわたけ》が国守の家持はじめ、上司同僚たちを邸に招いて宴をひらいた。石竹は百合の花でかづらを三つつくり、高坏《たかつき》に据えて賓客に捧げた。各々はそれを見て歌をよむ。宴の興はたかまり、はや夜に入っている。〈灯火に照り映える百合の花の、笑みをもたらす美しさよ。ゆりはのち、とか未来とかいう意味もある。未来までもこの友情はかわらない。今夜の歓楽の宴は忘れないぞ、石竹〉

家持はこの石竹という下僚役人に、仕事をこえた男の友情を感じていたのかもしれない。お気に入りの下僚だったらしいが、石竹に歌はないのでどんな性質の男だったのか分らない。しかし、当代切ってのインテリである家持が愛したのだから、歌はよめなくても心根の純朴な、真率な人柄だったのではあるまいか。

　百合の花は花弁に厚みがあるので、「あぶら火」につややかに映えたことであろう。「笑まはしきかも」は百合を見るからに笑みがこぼれるというような感じで、男同士の気どらぬ宴のたのしさに満悦する心持も含まれているかもしれない。彼らは酒神《バッカス》のように、花の冠をかぶって盃を挙げたのであろうか。

　さつき山卯の花月夜《つくよ》ほととぎす聞けども飽かずまた鳴かぬかも

読み人知らず（巻十・一九五三）

〈五月の山。卯の花が月光に仄白《ほのじろ》く浮び、ほととぎすが鳴く。良夜のほととぎすはいくら聞いても飽きない。どうかまたも啼かぬものか〉

　この巻は平均的な風流の歌が多いが、「さつき山・卯の花月夜・ほととぎす」とイメージの札が次々と重ねられていくところがたのしい。

人言《ひとごと》は夏野の草の繁《しげ》くとも妹《いも》と我《あれ》とし携《たづさ》はり寝《ね》ば

読み人知らず（巻十・一九八三）

夏の相聞である。〈人の噂は夏の野の草が繁るようにうるさいが、しかし、かまやしないんだ、お前とおれと手を取り合って寝さえすれば（そんなものが気になるものか）〉

男の歌である。直截的な表現で、それをどこかぶきっちょに、ぶこつに歌っている。ぶっきらぼうな歌といってもいい。洗練された都会人ならもっとうまい言い廻しをしたろうが、ぶったぎるような言い方に、真実が感じられる。この「寝る」はむろんセックスを伴うことであるが、現代のように薄っぺらな性交だけを意味するのではなく、そこに燃えるような恋心が裏打ちされている。生涯を引き換えにしてもいい、という、その一瞬、煮えたぎった情熱のイメージがある。

それにしても、人の世に生きる身は、千何百年も昔から、人の噂が気になるさだめであるらしい。けれどこんな歌を男にささやかれた女は、どんなに嬉しかったことだろう。

この歌を百首の中に入れた昭和初期の民衆の感覚も、すこやかである。

東《ひむがし》の野にかぎろひの立つ見えてかへり見すれば月かたぶきぬ

柿本人麻呂《かきのもとのひとまろ》（巻一・四八）

柿本人麻呂の名歌として、早くから人口に膾炙《かいしゃ》したもの、〈東の広野に暁の光がさしそめてきた。ふりかえれば月は西にかたむいている〉原野の広漠と暁闇《ぎょうあん》の気配がよく捉えられているが、この歌は前後を読むと、たいへん象徴的な意味をもっているとわかる。

「軽皇子《かるのみこ》、安騎《あき》の野に宿ります時に、柿本朝臣《あそん》人麻呂が作る歌」

とある。長歌一首、短歌四首で出来上っている。

軽皇子の父の草壁《くさかべ》皇太子は軽皇子が七歳のとき亡くなる。その母の持統《じとう》天皇は、頼りにした草壁に先立たれて悲嘆するが、孫の軽皇子の成人と即位を待ちのぞむ。いまそのときは目前に迫った。祖母帝の悲願は、達成されようとしている。たくましく成人した軽皇子（のちの文武《もんむ》天皇）。皇子は父・草壁《くさかべ》の愛した阿騎野の冬の猟におもむく。これは帝位をふまずになくなった父への鎮魂の意味もあったろう。
　宮廷詩人の人麻呂は、若き軽皇子に、その父の面影を重ね合わせ、過ぎ来し思い出に阿騎野までの道のりを透かし、やがて皇子の将来の栄光と繁栄を、かつての草壁皇太子への追慕に継ぎ足して祈り、鑽仰する。軽皇子は父皇子の光背を得て君臨するのである。

　この短歌のうちの一首が「東の野にかぎろひの立つ見えて」であって、その歴史的背景を知って味わうと、雄渾《ゆうこん》なしらべの美しさに魅せられる。

　私は若いときはこの歌を面白みの少ない歌だと思っていた。

　しかし年を重ねて、この前後の長歌や短歌をよく味わってみると、人麻呂の鎮魂の誦詠《しょうえい》に、人間的な深い感慨を汲みとるようになった。

　人麻呂はむろん、草壁皇子の薨去《こうきょ》に際してそれを悼む歌をつくっている。その遺子がいまやっと成人した。軽皇子のおもだちはどんなにか父・草壁の俤《おもかげ》を宿していたことであろう。天皇《おおきみ》は神、とうたう人麻呂も、軽皇子に人間らしい愛慕の心を捧げずにはいられなかったろう。（おお、よう似ておいで遊ばす、父皇子に）と。

わが妻はいたく恋《こ》ひらし飲む水に影《かご》さへ見えて世に忘られず

主帳丁《しゅちょうのよぼろ》麁玉郡《あらたまのこおり》の若倭部身麿《わかやまとべのむまろ》（巻二十・四三二二）

この巻には防人の歌が多い。兵部《ひょうぶ》少輔《しょうゆう》だった家持が、部下に命じて防人の歌を集めさせたのだが、作者の名が書きのこされているところも珍しい特色で、無名の庶民の名を私たちは千二百年ののちに知ることができるのはたのしい。

防人はそのころ、九州警備に配属された兵士で、東国から徴発されて、はるばる九州まで送られる。軍隊関係の役所にいた家持は、そういう兵士のつくるところの歌を集めやすい立場にいた。

防人となって徴された兵士が無事に故郷の土を踏めるかどうかは分らない。当時の旅は辛く苦しかった。食糧は自分持ちである。歩いての旅は長い日数を要する。家を留守にしている間、田畑は、老親は、妻子はどうなるのだろうか。防人は心を引き裂かれるように故郷を離れる。

この百首のうちにも、のちに出てくるが、今奉部与曽布《いままつりべのよそふ》の、

「今日よりは顧みなくて大君の醜《しこ》の御楯《みたて》と出で立つわれは」（巻二十・四三七三）
というような滅私奉公の防人の歌はむしろ少ない。

戦争中はこの歌がもてはやされ、『万葉集』の代表作のように思われているが、防人たちのナマの声はもっと重く切実で、具体的だった。

旅にある防人は歌う。

〈今ごろ妻はどんなにかおれのことを恋しがっていることだろう。水を飲もうとすると、その水にも妻の面影が映る。どんなに山川をへだてても忘れられない〉

歌には東国のなまりがそのまま残されている。

こういう庶民のなまなましい本音の歌がよく伝わったことだと思う。そのゆえに『万葉集』は千年余ものちの人間の心を搏《う》つ。この作者の身麿は果して無事に故郷の東国へ帰り着くことができただろうか。妻と再会したろうか。

身麿たちの帰る東国は、粗野だが力強い真率な歌を生む風土であった。

にほ鳥の葛飾《かづしか》早稲《わせ》をにへすともその愛《かな》しきを外《と》に立てめやも

読み人知らず（巻十四・三三八六）

にほ鳥は潜《かず》くの枕詞なので、葛飾《かつしか》にかかる。

いまの千葉県、埼玉県、東京都の一部、葛飾区とよばれる一帯のあたり。

〈葛飾の早稲で新穂を神に捧げる神聖な祭を行っている、そのときは神さまのほかは誰も家へ入れてはいけないきまりだけれど、たとえその物忌《ものい》みの夜だとて、あの愛しい人を外に立たせておくことなどできるもんですか〉

――神を祭るのは未婚の娘の役目だったというが、放胆で無邪気な歌である。長い世々の男たちはそういう女の放胆な、むきだしの本音を愛してきたにちがいない。いったい『万葉集』の女人は、それ以後の女人が失ってしまったような強烈な自己主張を発揮していて、それもこの歌集を魅力的にしている理由の一つである。

多摩川にさらす手づくりさらさらに何《なに》ぞこの児《こ》のここだ愛《かな》しき

読み人知らず（巻十四・三三七三）

これも口調のいい歌で、若者たちに愛される歌。「多摩川にさらす手づくり」は「さらさらに」を引き出すための序詞である。

結局、「なんでこう、可愛いんだ、こいつは」というような意味なのだが、その向うに、東国女の生活が二重うつしになって言外にイメージがダブっている。多摩川の、そのころは清い流れに手織りの布を曝《さら》している、その布はお上に調として納入するものだが、その娘の労働のすがたが浮ぶのである。

私が『万葉集』の中で一番はじめにおぼえたのはこの歌だった。「さらす手づくりさらさらに」という日本語が何とも美しいのと、そのあとにつづく「何ぞこの児のここだ愛しき」がまるでフランス映画を見るように小粋なセリフに思われ、とても千年以上昔の歌と思えなかった。

何という現代的で斬新な、美しい歌だろう。

生まれてはじめて東京へ行ったとき、「多摩川」という名を耳にして、一瞬、私は、

（あ。さらす手づくりの国へきた！）

と思った。口調がいいので民謡として唄われたものであろうか。それにしても、この歌にある、

（何でまあ、ホントにホントに、ちぇっ、この娘《こ》の可愛いことったら。どうしてくれよう）

というような意味は、なかなか現代語にも訳しにくい。

ありつつも君をば待たむ打ち靡《なび》くわが黒髪に霜の置くまでに

磐姫皇后《いわのひめのおおきさき》（巻二・八七）

磐媛（編集部注　『日本書紀』では磐媛の表記になっている）は仁徳天皇の皇后で、この歌は巻二の相聞に入れられ、「天皇を思《しの》びたてまつるみ歌」となっている。古来、嫉妬深い女として忌まれていた女性だが、現代の我々から見るとそこには人間としてのプライドと自我を貫き通したいさぎよさがあり、魅力ある女性像である。

夫の仁徳天皇は正妃の彼女のほかに八田皇女《やたのひめみこ》を妃にしたいと思った。天皇はかねて磐媛を尊重していたので、まずその許可をとりつけようと、おずおずと意向を打診する。このときのぶこつな歌が面白い（記紀に載せている）。もちろん皇后は峻拒《しゅんきょ》する。しかし仁徳はこれまた個性強き男であって、妻の言いなりには従わない。妻の留守中に八田皇女を納《い》れてしまう。皇后はそれと知って二度と仁徳のもとへ還らなかった。仁徳が手を換え品を換え、下手《したで》に出て還るように哀願しても、ついに山背《やましろ》の筒城宮《つつきのみや》から出ない。仁徳はしまいに自ら出かけて磐媛を翻意させようとする。しかし磐媛はいう。——「陛下《きみ》、八田皇女を納《めしい》れて妃《みめ》としたまふ。其《そ》れ皇女に副《そ》ひて后《きさき》たらまく欲《ほり》せじ」

仁徳はすごすご帰るが、『書紀』には、「而《しこう》して猶《なお》し恋《しの》び思《おもお》すこと有《ま》します」とあり、そういう気強い磐媛に愛恋の心をもちつづけていたようである。

この説話は伝承かもしれず、磐媛作といわれるこの歌も後人の作であろう。四首の連作のうちの一つで、〈このままあのかたをお待ちしましょう。私の黒髪が霜のように白くなるまで〉という意味だが、ほかの三首同様、しっとりとやさしい女の歌である。

記紀に伝える磐媛の人柄からとは打ってかわった優婉《ゆうえん》なおもむき、なぜこの連作の作者に磐媛が擬せられたのか、興味のあるところである。のちの光明皇后冊立に関する政治的意図で、磐媛のイメージチェンジをはかったという説もある。磐媛は臣下から皇后になった先例をつくっているから、悪妻という評判は抹殺すべきであった、というのだが。

この歌は民謡のように歌いつがれ、長い歳月のうちに完成した歌ではないかと思うが、こういう美しい愛の歌は、嫉妬深いと言い伝えられる個性強い悪女に貼り合わせたほうが、かえって哀切優婉の意味を強めるように思われる。その意志が働いていたかどうかは分らないが、少なくともこの「百首選」に選ばれたのは、その美しい調べを無視することができなかったのだろう。

夏だより、夏の恋

春過ぎて夏きたるらし白栲《しろたへ》の衣《ころも》ほしたり天《あめ》の香具山《かぐやま》

持統天皇（巻一・二八）

夏だよりが聞かれると、このさわやかな歌を思い出さずにはいられない。「万葉集抄」をつくるとしたら、これはまず拾いおとせないという一首である。

持統天皇はいうまでもなく天智帝の皇女で、天武帝の皇后。最近、草壁皇子の墓ではないかといわれる古墳が飛鳥で発掘されたが、草壁皇子は持統女帝の一人息子である。

女帝は『日本書紀』によれば、

「深沈《しめやか》にして大度《おおきなるのり》有《ま》します」

といわれている。天武帝の皇后として、

「始《はじめ》より今に迄《いた》るまでに、天皇を佐《たす》けまつりて天下《あめのした》を定めたまふ。毎《つね》に侍執《つかえまつ》る際《あいだ》に、輙《すなわち》言《こと》、政事《まつりごと》に及《およ》びて、毗《たす》け補《おぎぬ》ふ所、多し」

壬申の乱でともに戦い、苦難をともにしてきた夫の天武天皇が亡くなったのち、皇后がまっ先に手を染めたことは、わが子・草壁のライバル、大津皇子《おおつのみこ》の誅殺《ちゅうさつ》だった。そうして草壁の前途を安泰ならしめておき、自身即位して持統天皇となった。

大津皇子ファンから見れば持統天皇は好きになれぬ、奸譎《かんけつ》な策士のように思われるが、一面、この女帝は、新国家建設の理想に燃えた君主で、男も及ばぬ政治感覚の持ち主でもあった。父と夫の悲願であった律令政治をうちたて、諸国に戸籍をつくり、太政大臣以下の官制をととのえ、暦を制定し、藤原の宮を営んだ。わが子・草壁の早逝の打撃にも雄々しく堪え、七歳の孫・軽皇子《かるのみこ》の成人に期待をかけたことは、さきの柿本人麻呂の歌でのべた通りである。

持統女帝が藤原の宮に遷都したのはその八年（六九四）、女帝は五十歳になっていた。軽皇子もようやく生い立ち、立太子、譲位は目前となった。

女帝は過ぎてきた波乱の人生を思う。いまその艱苦《かんく》はすべてみのりをもたらし、女帝はかつてない大きいやすらぎの中にいる。男と同等に戦い、勝ち抜いてきた女帝の、目と心を喜ばせるものは、四季の自然のたぐいない美しさである。

女帝は、おのが領《うしは》く都を見やりつつ、頭をあげる。北に耳成《みみなし》山。西には畝傍《うねび》山。東に香具《かぐ》山。三山ともに青々としたたるばかりの緑に包まれている。

〈あの神の山の香具山の、ひときわ緑濃い山肌に、白栲《しろたえ》の衣が干してある。春は過ぎて夏となったようだなあ〉

王者らしい、大らかな、ゆったりしたよみぶりのうちにも、

「衣」

に興味を触発されるところに女らしさがうかがえる。

これは百人一首では「春過ぎて夏来にけらし白妙の衣ほすてふ天の香具山」と、王朝好みにやわらかくぼかされ、調べの美しさを重視したために、歌意が歪曲《わいきょく》されてしまっている。これでは「白栲の衣を干すという」と人づての伝聞のようになり、雪白の衣が緑の山肌に点々とあるのを目前にした感興のたかぶりは失われてしまう。

女帝は夏の朝の実見を、闊達《かったつ》に明朗に歌い上げる。

「夏きたるらし」「衣ほしたり」

という力強い口調が、いかにもさわやかである。

この女帝の生涯はまだ謎が多い。在位中、三十度も吉野へ行幸《ぎょうこう》したのも謎の一つ

になっている。しかし少なくともその性格に、こういう朗々たる歌をよむ、気宇《きう》たかき大度《たいど》の一面があったことはたしかなようである。

夏のはじめにまず置きたい、品《しな》たかき歌である。

時鳥《ほととぎす》なくこゑきくや卯の花の咲き散る岡に葛《くず》引《ひ》くをとめ
読み人知らず（巻十・一九四二）

ここでいう卯の花はウツギの花。山を行くと繁みの中で初夏に白い花をつけたりしているのを見ることがある。

〈ほととぎすの啼く声を聞いたかい、卯の花が咲いてはほろほろ散っている岡で、葛を引いている娘さんよ〉

この歌はわりに早く学生のころ私は知り、絵のような叙景歌だと思った。こういう歌なら古語辞典などなしにわかるのだから若者には嬉しく、『万葉集』が取りつきやすい所以《ゆえん》である。しかも耳には時鳥の声があり、まことに夏らしく美しい。葛はその繊維から葛布《くずふ》という粗末な布を織るのだが、歌いかけている男は馬にでも騎《の》った通りすがりの若者であろうか、散策中の貴公子であろうか。葛引く乙女は仕事に夢中のさまである。

娘さん、ずいぶんせっせと働くんだね、ほら、時鳥が啼いてるよ、聞いてるかい……

聞いてますわよ、手を止めなくったって聞こえてますわ……

すこやかな万葉乙女の労働のさまがしのばれる歌で、これは「夏の雑歌《ぞうか》」に入れられている。「萬葉百首」にはほととぎすの歌がかなり入っている。

我がやどに月おし照れりほととぎす心あらば今夜《こよひ》来鳴き響《とよ》もせ

大伴書持《おおとものふみもち》（巻八・一四八〇）

「心有」を「心あらば」と訓読するのは岩波書店『日本古典文学大系』（高木市之助・五味智英・大野晋校注）で、「心あれ」は『新潮日本古典集成』（青木生子・井手至・伊藤博・清水克彦・橋本四郎校注）、ここでは心あらばのほうをとった。

〈わが家の庭には一面、くまなく月光が照りはえている。ほととぎすよ、お前にも風

流をめで情趣を解する心があれば、来てその美しい声を鳴りとよもしてくれよ〉

書持は家持の弟である。もう一首「わが宿の花たちばなにほととぎす今こそ鳴かめ友に逢へる時」（巻八・一四八一）というのがあり、情趣陶酔型のインテリらしい歌である。

事しげみ君は来まさず時鳥汝《なれ》だに来《き》鳴《な》け朝戸《あさと》ひらかむ

大伴四綱《よつな》（巻八・一四九九）

これは夏の相聞である。詞書《ことばがき》に「大伴四綱の宴《うたげ》に吟《うた》ふ歌」とあり、宴会の席で歌ったものらしい。

〈人の噂がうるさいので、あのかたはおいでにならない。ほととぎすよ、お前だけでも来て鳴いておくれ。あのかたをお送りするときのように朝戸を開けようから〉

この四綱というのはぱっとしない下級役人であるが、粋な遊び人だったらしく、宴会で女の気持を歌う歌をほかにも作っている。男性が女の気持を歌うのは、現代でも男性演歌歌手が女ごころを唄うようなものであろう。女の心理を男が切々と歌うと、かえってふしぎな哀感がにじみ、それを聞く女性も意外に共鳴しやすい魅力が出る。四綱はどんなふしまわしで歌いあげたものであろうか。

それにしても、人の口の端にのぼることを恐れる世間のせまさは、古代も現代もかわりはないようである。

風に散る花橘を袖に受けて君がみためと思ひつるかも

読み人知らず（巻十・一九六六）

「為君御跡」を「君がみ跡《あと》と」と『新潮日本古典集成』にはあるが、ここでは岩波版の「みため」をとった。

〈風に散りこぼれる橘の花を袖に受けました。あなたにさし上げようとて……〉

この「萬葉百首」はなぜか巻十から採られた歌が多い。巻十は読み人知らず、無名歌人の巻で、歌ぶりは比較的新しいのがまじり、この歌なども「君がみあとと」とよめば、『古今集』の巻三の夏歌にある、

「さつき待つ花橘の香をかげばむかしの人の袖の香ぞする」

の祖形のようである。巻十は類歌も多く、傑作ぞろいとは言いがたいものの、しかし名も伝わらぬ民衆歌人が澎湃《ほうはい》としておこり、歌は口々に伝えられ記しとどめられ、それに歌ごころを刺激されてまたあらたなる歌声がわきおこり、波状的に人々の心をさらっていった、というさまがうかがえる。

いわば天平の世の一大コーラスである。

　こういう歌を読んだ庶民はどんな人生を送ったのであろうか、昭和初期の民衆が著名歌人の作品より読み人知らずの歌に多く共感を寄せているその心情が面白い。


六月《みなづき》の地《つち》さへ裂けて照る日にも我が袖干《ひ》めや君に逢はずして

読み人知らず（巻十・一九九五）

　この六月は陰暦なので夏のまっさかりである。

〈真夏の六月の、地面さえ割れるかと思えるほど、烈しく照る日ざしにも、私の袖は乾きません。あなたにお逢いできないのですもの、袖は涙に濡れているのです〉

この歌も類歌があるが、形容が斬新で、烈日と地割れをもってきたところが、この歌の面白みであろう。真夏の容赦ない暑さや、乾き切った地面などが、この時代より以後の歌によまれることはない。いかにも万葉ぶりの生活感のあふれる歌である。

もっとも現代のわれわれは「みなづき」という語感からは、つい梅雨を連想してしまうので、知的想像を働かせて味わうという操作が要るが、これは天平の世の、宴席歌とすると「みなづきの地《つち》さへ裂けて照る日にも……」と朗々と唱われ、あとへ何がつづくかと一座は好奇心をもって耳をそばだてていると「わが袖干めや君に逢はずして」と嫋々《じょうじょう》たる相聞歌になり、まことに効果的なウイットというべく、一座を沸かしたにちがいない。

東歌《あずまうた》の相聞が生活から生まれたあふるるばかりの実感を盛っているのに対し、まことにこれらはシティギャルのウイットといおうか、もっとも昭和初年にこれが選ばれたときは、そういう鑑賞の仕方ではなく、文字通りに深刻に受けとめられたのであろう。しかし現代の我々は、形容が大げさなので、かえってそこにモダンな新味をみつけてしまう。

わが宿の花橘は散りにけり悔《くや》しき時に逢へる君かも

読み人知らず（巻十・一九六九）

〈わが家の庭の花橘は、さかりのときはそれは美事でございましたよ。それが散ってしまいました。こんなときにお目にかかることになって、まことに残念です。せっかくおいで頂くのなら、さかりのときにお目にかかりたかったものですねえ〉

これも類想はあるが、しらべはなだらかで、私の思うのに「花橘」のところに、それぞれいろんな花の名を入れて、万葉びとはたのしんだのではあるまいか。著作権というものもない時代、いい歌を聞いたら、早速、口の中で誦《じゅ》してみ、さまざまな場合に使い、心からその歌を楽しむ。

私のうちには山梔子《くちなし》の鉢植があるが、毎夏、えもいわれぬ芳香を放つ白い花を咲かせる。しかし長く咲いている花ではないので、すぐ萎《しお》れ黄ばんでしまう。

〈わが宿の花くちなしは散りにけり悔しき時に逢へる君かも〉と書いてその鉢の前にでも立てておこうかしら。

かき霧《き》らし雨のふる夜をほととぎすなきてゆくなりあはれその鳥

読み人知らず（巻九・一七五六）

巻九はいろんな歌人の歌集をあつめてあるが、この歌は誰のものかわからない（編集部注　現代では高橋虫麻呂作といわれる）。「霍公鳥《ほととぎす》を詠む一首」の反歌として載せられている。ほととぎすの好きな作者らしく、ほととぎすが卵をうぐいすの巣の中に托《たく》して育てさせる習性をも面白く思ったらしい。その長歌のほうの大意をいうと、うぐいすの卵の中でほととぎすはひとり生まれ、育ての父に似た鳴き声もたてず、母に似た鳴き声もたてない。卯の花の咲く野辺をとび翔《かけ》り鳴きとよもし、橘の花にとまってその花を散らし、終日鳴いている。いくら聞いても聞き飽きない、いい声だ。いいものあげるから遠くへ行かないでおくれ、うちの庭の橘の枝に、いつまでもすみついておくれ。

夏の風物詩として、道具立て、舞台がそろっているので、この長歌もあげてみよう。右の口語訳を下敷にお読み下さい。

――うぐひすの卵《かひご》の中に　ほととぎす　ひとり生まれて　己《な》が父に似ては鳴かず　己《な》が母に似ては鳴かず　卯の花の咲きたる野辺《のへ》ゆ　飛び翔《かけ》り　来鳴き響《とよ》もし　橘の花を居《ゐ》散らし　ひねもすに　鳴けど聞きよし　賄《まひ》はせむ遠くな行きそ　我がやどの花橘に　住みわたれ鳥――

その明るい快活なイメージと打ってかわり、反歌は雨夜のほととぎすの沈鬱《ちんうつ》な、しかし、しっとりした情趣をうたう。

〈雨夜、もののあやめもわかたぬ闇の中を、ほととぎすは鳴いてゆく。ああその鳥よ〉

「あはれその鳥」の口吻《こうふん》は、現代語にはちょっと訳しようがない。卯の花と橘に、ほととぎすは「出合いもの」ではあるがまた、夜の闇、雨夜にもよく適《あ》う鳥なのだ。孤独な夜、作者は魂をひきしぼられるような思いでその声を聞いている。「あはれその鳥」は、古今調をとびこして、むしろ式子《しきし》内親王の「新古今ぶり」を思い出させる雰囲気をもつ。

ひぐらしは時となけども片恋にたをやめわれは時わかず泣く

読み人知らず（巻十・一九八二）

これも巻十の無名作家群の巻である。「蜩《ひぐらし》に寄する」と題されたもの。〈かなかな蟬は日ぐれになると時がきたとばかり鳴き立てている。でもかよわい女の私は片思いに焦《こが》れて、一日中、時をわかたず泣きぬれています〉

ひぐらしをよんだものには大伴家持の佳品もある。

「隠《こも》りのみをればいぶせみ慰《なぐさ》むと出で立ち聞けば来鳴く寒蜩《ひぐらし》」（巻八・一四七九）

ひぐらしの声は人にもの思わせる。やりどのない憂悶《ゆうもん》をかきたてる。

「たをやめわれは時わかず泣く」は可憐《かれん》な歌のすがたであるが、万葉の女はたとえば、

「君が行く道の長路《ながて》をくりたたね焼き亡ぼさむ天《あめ》の火もがも」狭野弟上娘子《さののおとがみのおとめ》（巻十五・三七二四）

のように激情の恋の炎に身を灼《や》くとか、またたとえば、

「わが背子は物な思ほし事しあらば火にも水にも我無けなくに」（巻四・五〇六）

安倍女郎《あべのいらつめ》のように、〈あなた、心配なさらないでよ。いざというときはあなたのためには火にも水にもとびこむ私ってものがついてるじゃありませんか〉という強い女性がほとんどのような印象を受けるが、その一方では「時わかず泣く」手弱女《たおやめ》もいたのである。

「大夫《ますらを》は友の騒ぎに慰もる心もあらめわれぞ苦しき」（巻十一・二五七一）

〈男の人は友だちとさわいで心が慰められることもあるでしょうけど、私はそんな折もないし、苦しいばかりですわ〉

これも恋の苦しみであろう。男たちのように友だちづきあいの中で発散できない、というのは、母親の支配の下にある、まだういういしい娘でもあろうか、そういう手弱女も結構いるのであって、そこがまた『万葉集』の振幅の大きさである。女の千姿万態、恋の種々相を多彩に展開してくれるのだ。

そうそう、ういういしい手弱女といえばすぐ思い浮ぶのに、

「たらちねの母が手離《たばな》れかくばかりすべなき事はいまだせなくに」（巻十一・二三六八）

がある。

〈お母さんの手を離れておとなになってから、こんな、どうしていいかわからないことって、まだしたことはないわ……〉

これも読み人知らず。わかい女は途方にくれている。

はじめての恋におののき、あるときは喜びに我を忘れ、あるときは不安に沈みこむ。どうしたらいいの、お母さん。――すぐ「たらちねの母」が連想されてくるところが、まだひとり立ちしきらぬ娘の、未経験な若さである。

この歌を初体験の歌だという人もある。そうと解すれば、清らかなエロチシズムが匂うようでもあるが、ここはやはり、ふつうに初恋におののく若い娘、としておこう。

夏の野のしげみに咲ける姫百合の知らえぬ恋はくるしきものを

大伴坂上郎女《さかのうえのいらつめ》（巻八・一五〇〇）

さて、いよいよ、『万葉集』中、屈指の女流歌人、坂上郎女の歌をとりあげることにしよう。

〈夏野の繁みの中にそっと咲く姫百合。そのように人に知られぬ恋はなんと苦しいものだろう。片恋を告げるすべなく……〉

美しい歌である。格調たかく個性があって、それでいて色っぽい味がどの歌にも出ている。

この「萬葉百首」にも他に二首入っているが、彼女は家持の叔母であり、義母でもあった。娘の坂上大嬢《おおいらつめ》が家持の妻となっている。

この坂上郎女は、はじめ穂積皇子《ほづみのみこ》の愛人であった。ついで藤原麻呂の愛人となり、さらに異母兄の大伴宿奈麻呂《すくなまろ》の妻となった。奔放な異性関係をとるよりも、古代では一族のあいだにあって、一族を力づけ、導き、守る、「妹《いも》の力」的な、霊《くす》しき存在として重視されたようだ。

彼女は恋の歌にもまことに玄妙な、人を魅惑する美しき詞句をつるべうちに放つ。蜜のような詩がしたたり、かぐわしい香気で人を酩酊させる。

「青山を横切る雲のいちじろく吾と咲《ゑ》まして人に知らゆな」（巻四・六八八）

〈青々とした山を、白い雲が横切ってゆきます。そのようにあまりにもはっきりと笑ったりして、秘めた私たちの恋を人に知らせないで下さいね〉

夏野の姫百合もそうだが、青山に白い雲、という比喩も印象的である。才気あふれる女、という気がするが、才ばしってその主角が人を傷つけることはなく、坂上郎女はあくまで女っぽい。

いい女、だったように思われる。

「恋ひ恋ひて逢へる時だに愛《うつく》しき言《こと》つくしてよ長くと思《も》はば」（巻四・六六一）

〈思いこがれて、やっと逢ったんですもの、その時だけでも愛の言葉をどっさり聞かせて下さいな。二人の恋を長くつづけようとお思いになるなら〉

これは彼女が次女の坂上二嬢《おといらつめ》に代って、娘の相手の大伴駿河麻呂《するがまろ》に贈った歌であるが、さまざまの恋を経験しつくした女でないといえない言葉である。複雑な思いが流麗に、いささかの苦渋のあともとどめず、まるで耳もとでささやきを聞くごとくひといきに歌い上げられている。

それは坂上郎女が、時にむくわれぬ恋、「人に知らえぬ」恋に苦しんで、心ざま深く、人生を奥ゆきあるものにしていったからであろう。夏野の姫百合の歌は、女の恋歌の代表作の一首といっていい。

召されゆく人、旅立てる人

河上《かはのへ》のゆつ岩むらに草生《む》さず常にもがもな常処女《とこをとめ》にて

吹芡刀自《ふふきのとじ》（巻一・二二）

この歌は近代的な感覚ではなく、むしろ上代の蒼古たるおもむき、どことなく荘重な、神々しい感じではないか。それも乙女を、花や月にたとえるのではない、ごつごつした岩にたとえるのであるから――。

吹芡刀自とはどんな人だったのかわからない。しかしこの歌は、天武天皇の御代、十市皇女が、伊勢神宮におまいりなさったとき、波多《はた》の横山の岩を見て、刀自が皇女のために歌った歌という。波多というのはいま三重県の津市一志町のあたりという。

〈川の中の霊しき力ある神々しい岩々は、草も生えず、みずみずしくみえます。どうぞそのようにいつまでも永遠に若々しいおとめでいらっしゃいますように〉

吹芡刀自がこの歌を捧げた十市皇女は、ほかでもない、第一節「のびやかな本音の歌」で取り上げた、額田王の、

「あかねさす紫野行き標野行き野守は見ずや君が袖振る」（巻一・二〇）

に対して、大海人皇子《おおあまのみこ》が、

「紫草の匂へる妹《いも》を憎くあらば人妻ゆゑにわれ恋ひめやも」（巻一・二一）

という歌を唱和したが、まさにその二人の仲に出来た姫であった。二人の若い日の恋から生まれた十市皇女は、しかし数奇な運命に待たれた人でもあった。十市皇女は伯父・天智天皇の皇子、弘文《こうぶん》天皇の妃となって、葛野《かどの》王を生む。ところが壬申の乱で、父の大海人と夫は敵対することになった。夫は敗死し、父は即位して天武天皇となった。皇女は夫と住んだ大津の宮から大和の明日香の浄御原《きよみはら》の宮に移った。

夫と父が戦うようになった運命を、皇女はどう受けとめたのだろうか。

吹芡刀自はあるいは皇女の人生により添い、皇女に同情共感してきた女性かもしれない。明日香の宮で皇女はひっそりと肩身せまく生きる境遇だったのかもしれぬ。まだ美しく若き皇女が、すでにその人生を終ったかのように、不幸に沈淪《ちんりん》してやつれ果

てているのが、刀自にはいたわしくも可惜《あたら》しいことにも思われたのであろう。

――皇女《ひめみこ》さま。あの岩々をごらんなさいませ。神々しいあの岩々は古《いにし》えより変らぬ姿でしぶきにぬれて、どっしりと腰をおろしておりますよ。草が生えて姿のかわることもなく、いつみても同じたたずまいの神々しさ。皇女さまもどうかあのように、永遠の乙女でいらして下さいますように。

この刀自は皇女の鑽仰者でいたのかもしれない。そのゆえにこの歌には願望というより、どこか巫呪《ふじゅ》的な祈りがある。

皇女は吹芡刀自の祈りにもかかわらず、それから数年後死んだ。父なる天武帝が祭儀のため行幸にまさに出ようとし、行列が動き出した、そのときであった。「卒然《にわかに》病発《おこ》りて宮中に薨《かむあがり》」ましたと『日本書紀』にある。急病か自殺なのか、なぞである。

この十市皇女の死を悲しんだ高市皇子《たけちのみこ》の歌が『万葉集』にはある。もしかしたら異母兄の高市は、浄御原の宮の常処女、十市皇女を、ひそかに愛していたのかもしれない。

それにしても、昔『制服の処女』という洋画があったが、「常処女」――永遠の乙女、という言葉を『万葉集』でみつけようとは思わなかったことである。

「常にもがもな常処女にて」――は、吹芡刀自がわれら女性すべてに捧げてくれた願望とはげましであるかもしれない。

大君《おほきみ》は神にしませば天雲《あまくも》のいかづちの上《へ》にいほらせるかも

柿本人麻呂（巻三・二三五）

私などが学生のころ習ったのは「いほりす（せ）るかも」であったが、近年は「廬為流鴨」を「いほらせるかも」と訓《よ》むようである。「大君は神にしませば」は昭和初期の国粋主義者たちをさらに扇動する皇室讃歌として利用された。それゆえ、『万葉集』にあるこのたぐいの歌は、戦後埋没されてしまった。

しかしこのような歌は、当時（万葉時代——天武・持統・文武朝——）の宮廷にあっては儀式的な讃歌であることを忘れてはならない。人麻呂は天皇や皇子の薨去に際しては荘重な挽歌《ばんか》を捧げ、行幸に供奉《ぐぶ》しては御稜威《みいつ》を謳歌するか、まさにそういう公的な場での宮廷詩人だったらしい。だからそれらの歌も『万葉集』を代表する一面であるのを知って頂きたい。

〈大君は（ここでは持統天皇のことであろう）神であられるから、天空の雷《いかずち》の上に

——たまたまその名も雷の丘の上にいおりされることだ〉

いおりされる、というのは仮宮にこもって潔斎されることであるが、このしらべも、さきの「常処女」の歌のごとく、風格たかく重々しい。

今回はそういう柄《がら》の大きい、荘重な歌を選んでみた。「大君は神にしませば」という詩句はほかに類歌も多いのだが、この思想はそのころの時代精神の産物でもあろう。天智朝からはじまった律令体制は、天武・持統の御代にいたって完成整備され、古代日本はかつてない統一と結束をみた。

天皇を中心に国《くに》たみの心はいまや一つになった。

安定と繁栄がもたらされ、国のエネルギーが燃え上った。そのとき人々は天皇に「現人神《あらひとがみ》」のイメージをみる。それは昭和初年の軍国時代の、硬直した「現人神」思想、暴圧、禁忌の象徴としての「神聖冒《おか》すべからざる」現人神としてではなかったように私には思われる。古代の人が天皇を「神にしませば」と讃えるとき、もっといきいきした、素朴な、敬虔な信仰がある。天智帝は犀利《さいり》な明主であったが、やや急進的にすぎて、民心はあきたらぬものを感じていた。天武帝はその声なき民の声を背負って起ち、しかもひとたび起つや一挙に近江朝廷を屠《ほふ》って、人々の新しい輿望《よぼう》を担った。都を造り、政治態勢をととのえる。民族の期待にみちた視線は天皇にそそがれる。「大君は神にしませば」という讃《ほ》め歌が民の間から、澎湃《ほうはい》と起るのは自然ななりゆきであった。

雷の丘は現実には小さな丘であるが、人麻呂の詩人としてのイメージは、その名から「天雲のいかづち」を喚《よ》びおこすのである。

ひさかたの天《あめ》ゆく月を網《あみ》にさしわが大君はきぬがさにせり

柿本人麻呂（巻三・二四〇）

この「大君」は天皇ではなく、天武帝の皇子・長皇子《ながのみこ》である。皇子が猟路《かりじ》の池（今の奈良県宇陀市かという）で狩をなさったときに人麻呂は長歌一首、短歌一首を捧げた。

「やすみしし　我が大君　高照らす　我が日の御子の　馬並《な》めて　御狩《みかり》立たせる……」（巻三・二三九）にはじまる長歌は、いかにも狩場の花やぎにふさわしく、鹿や鶉《うずら》が歌いこまれて軽快である。

狩猟の夜、人々は仕留めた獲物を屠《ほふ》って楽しい宴をひらく。その宴席でこの歌は皇子の讃め歌として捧げられたのであろう。

宴のたき火をかこむ人々の上に、月が出る。

〈わが皇子は、日の神の御子なれば、おお、あれ見よ、天空をゆく月を、今日の狩でとらえた鵜のように網で張って捕えて、きぬがさにしていられる〉

皇子が立っていられる、その頭上に、今しも月がある。そのさまはまるで月を蓋《きぬがさ》にされているようではないか。

きぬがさは貴人の後からさしかける大きな方形や丸形の傘で、古い絵で御覧になることもあるだろう。その人だけの空間をつくる演出で、貴人の威儀をよそおうのに、昔の人もいろんなことを考えるものである。

人麻呂の見たての、月をきぬがさにするという発想は大らかでいい。

あをによし奈良の都は咲く花のにほふがごとく今盛りなり

小野老《おののおゆ》（巻三・三二八）

この歌の時代は天平の世である。

この歌も古来から有名で、私は若いころ、小野老という人が、奈良の都のさまをみつめてその栄華をことほぐ心でよんだ、と思っていた。

それにはちがいないのだが、この小野老という人は太宰少弐《だざいのしょうに》、この役目は『源氏物語』にも出てくるが、九州の太宰府の次官で、この歌は九州でよんでいる。

〈奈良の都はいままさに、咲き誇る花の匂い立つように全盛期というべきですよ〉

これは太宰府の役人たちが、宴会をしているときによんだ歌らしい。小野老は最近、公務で奈良へ出張してきたのかもしれない。

老がこの歌をよむと、他の役人も堰《せき》を切ったように望郷の歌をよみ交す。防人《さきもりの》司佑《つかさのすけ》、つまり防人に関する役所の次官の大伴四綱が、「藤波の花は盛りになりにけり奈良の都を思ほすや君」（巻三・三三〇）とよめば、このときの太宰府の長官、大《おお》伴旅人《とものたびと》が「我が盛りまたをちめやもほとほとに奈良の都を見ずかなりなむ」（巻三・三三一）——青春、男ざかりの日がまた返ってくるとは思えない、それと同じように、もしかしたら奈良の都を再び見ないままで命果てるのではないか……。

男たちはこぞって、奈良の都に思いを馳せる。

赴任先での望郷の念にいろどられて、よけい奈良の都は美しく思われる。旅人が九州に在ったのは神亀五年（七二八）ごろから天平二年（七三〇）十二月までであった。奈良は聖武《しょうむ》天皇と光明皇后の都である。まだ東大寺も大仏もできていないが、宮殿をはじめ、青瓦に丹塗《にぬ》りの家々がたちならび、寺々の鐘は鳴りひびき、塔は朝日夕日を浴びて都の空にそそりたつ。——咲く花の匂うがごとく……と人々を陶酔させるような繁栄ぶりであったろう。

ただいっておくと、このころ九州では旅人や山上憶良《やまのうえのおくら》などが筑紫一派ともいうべき、歌壇をつくっていた。旅人や憶良は九州で、都の歌人とはちがう、近代的な歌風の佳作を多く生み、周囲に文学的活気をもたらした。その意味では、当時の九州もまた、

「咲く花のにほふがごとき」

状態であったといってもいい。

御民《みたみ》われ生けるしるしあり天地《あめつち》の栄ゆる時にあへらく思へば

海犬養宿禰《あまのいぬかいのすくね》岡麿《おかまろ》（巻六・九九六）

これは戦中派世代にはなつかしい歌。戦前戦中の万葉秀歌の中には必ず挙げられていたから、昭和初期のころ「萬葉百首選」にも入ったのは当然であろう。私が学生のころにもこの歌を叩きこまれ、「愛国百人一首」にも拾われている。

天平六年（七三四）、聖武天皇の詔《みことのり》に応じて奉った大御代の讃め歌である。人麻呂の時代ははるか昔になったが、この歌はなお人麻呂調の荘重なおもむきを存している。

〈大君の臣民である私は、まことに生き甲斐を感じるものでございます。天地の栄えているこの聖代《せいだい》に生まれ合わせた幸せを思いますれば〉

　しかしこの歌を私たちが朗誦させられたのは学徒動員のころであり、もんぺをはいて、胸に住所、姓名と血液型を書いた白いキレを縫いつけていた時代であった。万民の苦難をよそに、この万葉秀歌はひとり燦然《さんぜん》と虚空に輝いていた。食糧難と空襲におびやかされつつ、「生けるしるしあり」とはどういうことか、考えるすべももたなかった。民族遺産の古典を、ひとにぎりの人々が私《わたくし》した時代の弊風《へいふう》を思わないではいられない。現代の女性たちがそれぞれの立場から思い思いに古典を愛しはじめた風潮を、私は楽しいことに思う。女性たちは今後、特定の古典に恣意的《しいてき》な彩りをほどこして、時代精神のより所にするといったあやまちを、再び犯すまいとするだろう。

　ともあれ、そんなことから離れて、この歌はのびのびと大きい。まことに古代風な、歌い上げるという感じである。

今日よりは顧みなくて大君の醜《しこ》の御楯と出で立つわれは
今奉部与曽布《いままつりべのよそふ》（巻二〇・四三七三）

これも戦時中の日本人に愛誦された歌。

大伴家持は兵部少輔という役職上、東国から徴された防人たちの歌を集めることができた。しかも右の歌のように全くの庶民の名が明らかにしるしとどめられていることも貴重である。天平勝宝七歳というから、七五五年、今から千二百年余も昔のこと、この与曽布という男は火長であった。兵十人の長である。

〈今日からはわが一身をふくめ、すべてを顧みず、大君の強い御楯として私は出立するのだ〉

出てゆく男たちは、一面そんな風にわが心に暗示を与え、強くならなければならない。この歌は出征する男たちの心を代弁するものであったが、こういう強い歌ばかりが防人の歌ではないのだ。

防人にたちし朝明《あさけ》の金門出《かなとで》に手放《たばな》れ惜しみ泣きし児らはも

読み人知らず（巻十四・三五六九）

〈防人として出立したあの日の、夜明けの門出に、私から離れるのを悲しんで泣いたわが妻よ〉

戦前なら軟弱ときびしく指弾されたであろう情感であるが、家持は本性の流露を尊んで採録してくれた。

おかげで私たちは千年かわらぬ人間の真情を愛《かな》しむことができる。

神奈備《かむなび》の石瀬《いはせ》の杜《もり》の呼子鳥《よぶこどり》いたくな鳴きそ我が恋まさる

鏡王女《かがみのおおきみ》（巻八・一四一九）

神秘的な美しい歌である。

鏡王女は額田王の姉といわれるが、まだ諸説あって不明な点も多い。「神《かん》なび」は神のおわすところである。山や森は、万葉びとにとって、神が天から天降《あも》りたまう神聖なところであった。

石瀬の社がどこかはよくわからない。ともかく大和の、どこかの森であろう。呼子鳥も、そういう名の鳥ではなく、さながら人の魂に呼びかけるように鳴く鳥、である。かっこうとか、ほととぎすとか、三光鳥、おおるり……それらの森林の鳥の声であろう。

〈神なびの石瀬の森に鳴く呼子鳥よ。そんなに私の心をゆさぶるように鳴き立てないでおくれ。私の恋心は一層つのるではないか〉

森は鬱蒼《うっそう》と茂りに茂り、奥は仄暗《ほのぐら》く静もりかえっている。そのとき人の魂を誘うように小鳥の声がこだまする。王女は秘めた恋を誰にもうちあけていないのかもしれない。ただ神秘的な鳥の声に耳をかたむけ、人知れぬ恋の苦しさの傷を、みずから庇《かば》っている……。

耳に、しーんとした森の静寂と、鳥の声が聞える。恋をうたっていながら、凛乎《りんこ》たる気品にみちた一首である。

熟田津《にきたつ》に船乗《ふなの》りせむと月待てば潮《しほ》もかなひぬ今は漕ぎ出《い》でな

額田王（巻一・八）

額田王は女流歌人中、一ばん人気のある人だが、この歌もてはやされて久しい。

昔は「にぎたづ」と教わったが、いまは「にきたつ」と清《す》んで訓《よ》むのが行われている。

斉明《さいめい》天皇は、朝鮮半島の百済《くだら》を救援するため、船団をととのえて筑紫へ出発する。

船団は伊予の松山に泊った。

〈熟田津で船出をしようと月の出を待っていたら、いよいよ月はのぼり、潮もよき頃合になった。さあ、今こそ出発しよう〉

額田王が斉明天皇に代って、幸先《さいさき》よい門出を宣言し、祝福しているのである。女帝はこのとき六十八であった。女帝の宮中で、額田王は女帝のお気に入りの「御言持《みことも》ち」であったらしい。天皇の願望、喜び悲しみを天皇に代って歌に表現して人々に宣言したり、士気を鼓舞して昂揚感を煽《あお》ったりする、ある意味での宮廷詩人であった。

額田王は天啓に恵まれた詩藻《しそう》ゆたかな詩人で、みずからたかぶる心のままに、唇から出る詩句は、片々、珠玉のようであった。この熟田津の歌も、満々たる波に砕ける月影、舷々《げんげん》相《あい》摩《ま》す船団のどよめきが、歌の向うに感じられるではないか。

しかも高らかに誦してすこしの淀みもない、なだらかなしらべである。

額田王が船首に立ってこう歌うとき、潮風は彼女の黒髪をなびかせ、女神のようであったかもしれない。人々は舟ばたを叩いて唱和し、凱歌の前ぶれのようなときの声を上げたかもしれぬ。

現実には女帝は筑紫で薨《こう》じ、二年のちには日本軍は唐軍に大敗を喫することになったのだが……。

わたつみの豊旗雲《とよはたくも》に入日さし今夜《こよひ》の月夜《つくよ》あきらけくこそ

天智天皇（巻一・一五）

「今夜の月夜あきらけくこそ」と私たちは教わったが、現代は「清明己会」を「さやに照りこそ」または「さやけくありこそ」などと訓んでいて定説はない。斎藤茂吉著『万葉秀歌』（岩波新書）はもちろん「清明《あきら》けくこそ」。これは賀茂真淵《かものまぶち》以来の訓みで、それによって、推定や願望、断定と意味もちがってきている。しかし私はやはり茂吉風に「あきらけくこそ」と訓みたい。

　この豪壮雄大な歌の堂々たる風格はどうだろう。

〈見はるかす広々とした大海原の、その上に旗のように浮ぶ雲、それへ夕日がさして燦爛《さんらん》たる眺めではないか。今宵の月夜はまさに明るく澄んでいることだろう〉

　天智帝は海の好きな王者だったように思われる。海を渡る戦も好んだようだ。この「わたつみ」はどこの海か分らないが、帝は紀州の海も筑紫の海も知っている。都を大津にうつしたのも、海を思わせる湖水に惹《ひ》かれる気持が、その一つの要因だったかもしれない。

　豊旗雲も、なんと美しいひびきをもつ詩句だろう。私は海辺の夕焼けを現実に見た記憶がないが、しかしいかにもあったように思われるのは、この歌のせいかもしれない。

　言葉の霊力を信じた古代の人は、この美しい力強い歌で、航行の無事を祈り、月明とおだやかな海を祈念したのかもしれない。そういうとき、帝の強い自信はどんなに人々の信頼をあつめたことか。

　夕焼けの美しい空を見て、私はいつも、

（豊旗雲……）

という言葉がふと心に浮ぶ。けれど、町なかの夕焼けよりも、海辺の夕焼けは万波に映じて、どんなに美事だろうか。

大化の改新を断行した天智帝は、多くの反対者や邪魔者を断罪したり追放、窮死させたりした、一面冷酷な王者だったが、繚乱《りょうらん》たる豊旗雲の美しさにみはるその眼は、無心に澄んでいたろう。海風は、声もなく佇《た》つ王者の漆黒のひげをやさしくなぶっていったにちがいない。

万葉びとの憂愁

今朝の朝明《あさけ》雁《かり》が音《ね》聞きつ春日《かすが》山黄葉《もみち》にけらしわが心痛し

穂積皇子（巻八・一五一三）

まことに近代的な憂愁《ゆうしゅう》というべきか。流麗なしらべ、沈潜《ちんせん》した物がなしさ。すでにしてかの、「高らかにうたい上げる」という白鳳《はくほう》期の人麻呂や額田王の時代を去り、といって家持もまだ生まれていない、宮廷詩人の時代は終ったが、まだ個人的感性を育てるにはいたらない、そういう時代に、すでに穂積皇子は、「わが心痛し」……と、吐息とも呻吟《しんぎん》ともつかぬ思いを洩《も》らすのである。

〈今朝の明け方のことだ。寝覚めの床に私は雁の音を聞いた。春日山は黄葉《もみじ》に染まっ

てきたことであろう。……物思わせる秋よ〉

　この「わが心痛し」は詩人の誕生を感じさせる。歌人の太田水穂《みずほ》氏は「わが心痛し」を「あゝまた感傷の秋がきた」と訳していられ、なかなか名訳と思うのだが、これよりほぼ半世紀ちかくおくれて、大伴家持にはこれに照応するような歌がある。

「春の野に霞たなびきうらがなしこの夕光《ゆふかげ》に鶯《うぐひす》鳴くも」（巻十九・四二九〇）

「うらうらに照れる春日《はるひ》に雲雀《ひばり》あがり心かなしも独りし思へば」（巻十九・四二九二）

　この心いぶせき孤独の憂悶《ゆうもん》の歌とくらべると、穂積皇子のほうは、同じ憂愁でも、やはりなお古樸《こぼく》の風趣がある。

　そうして「黄葉にけらし」と「わが心痛し」と途切れた詩句が二つつながっているところが、技巧でない傷心のあとをとどめる。

　私たちは「わが心痛し」の背後に思いをひそめてみないではいられない。

　穂積皇子は天武天皇の第五皇子である。父・天武亡きあとも持統天皇に信任され、文武・元明《げんめい》の世を巧みに生きて順当に位階もすすんだことは、その経歴をみてもわかる。政治感覚に富んだ人だったらしい。また多情多感な貴公子でもあって、万葉ファンは彼の女性遍歴の中でもことに、但馬皇女《たじまのひめみこ》との悲恋で、彼の名を忘れることはできないだろう。

　但馬皇女も天武天皇の皇女であるが、母は鎌足《かまたり》の娘、氷《ひ》上娘《かみのいらつめ》であった。穂積の異母妹であり、当時の風習では異母兄妹間の結婚は許されてはいたけれど、すでに但馬皇女は、高市皇子の妃であったらしい。高市皇子は天武天皇の長子で、壬申の乱のときは十九歳、父をたすけて戦い、大功があった。

母の身分が低いので高市は皇太子にはなれなかったが、それが彼の人生にかえって幸運をもたらしたのであろう。持統天皇の世になって、草壁皇太子亡きあと、太政大臣として迎えられた。高市は自分の才幹や覇気を自重して隠忍し、身を全うしたのかもしれぬ。もし大津皇子のように衆目を惹きつける魅力と才気をあからさまにしてしまえば、持統女帝は、わが子・草壁のライバルとして、大津を屠ったように必ず高市をも抹殺したであろう。

思慮ぶかく慎重で篤実《とくじつ》な男性だったのではあるまいか。前節の吹芡刀自の「常処女」の歌で紹介した十市皇女が不慮に急死したとき、高市は三首の歌をささげている。そのうちの、

「三輪山の山辺真麻木綿《まそゆふ》短か木綿《ゆふ》かくのみ故に長しと思ひき」（巻二・一五七）

三輪山の辺りにある麻の木綿《ゆう》は短かいが、そのように皇女の命も短かかった。それなのに私は長いものだと思っていた……。

武人らしく、ごつごつしたうたいぶりであって、色気のない歌ともいえる。それだけに真率な悲しみの情があふれ、高市はそれを必死におしかくしているのだが、おの

ずとにじみ出るというさまである。

高市と十市はともに壬申の乱をくぐりぬけてきた同じ世代である。そういう連帯感が恋の要素の一部にあったのかもしれない。

さて、そういう高市皇子の妃となった但馬皇女は、あるいはずっと年下の世代だったのかもしれない。どういうきっかけであったのか、彼女は穂積皇子と恋におちいる。この「萬葉百首」にも恋人たちの歌が並べて採られており、昭和はじめの民衆たちも、この薄幸な恋人たちに共感と愛を寄せたことがしのばれる。

秋の田の穂向《ほむ》きの寄れる片寄りに君に寄りなな言痛《こちた》かりとも

但馬皇女（巻二・一一四）

これには「但馬皇女、高市皇子の宮に在《いま》す時に、穂積皇子を思《しの》ひて作らす歌」と詞書がある。但馬皇女は高市皇子の宮にいて、心は穂積皇子の上にあるのだった。

〈秋の田の稲穂が風にひと向きに寄りなびくように、わたしはあの人にひたすら寄り添っていきたいわ。どんなに人の噂がわずらわしかろうとも〉

噂は都じゅうを、さざ波のように走っていった。高市皇子の身分が重すぎて、二人の恋は醜聞まみれとなった。廟堂の第一人者が嗤《わら》われ者になっては、と持統天皇も苦慮したのであろうか、穂積皇子は近江の志賀の崇福寺に使いにやられた。これは罪せられたというより、しばし若い恋人たちの仲を割《さ》いて、噂のほとぼりをさます配慮ではなかったかと思われる。

しかし皇女の恋は純真無垢でいちずだった。
堰《せ》かれれば堰かれるほど燃えあがるのだった。追われた穂積皇子を思って、

「後《おく》れ居て恋ひつつあらずは追ひ及《し》かむ道の隈《くま》みに標結《しめゆ》へ我が背《せ》」（巻二・一一五）

あとに残って恋いこがれているよりは、いっそあとを追っていきたいわ、道の曲り角に道しるべをつけておいてちょうだい、あなた……。

皇女が「あなた」（我が背）と呼ぶのは夫の高市ではなくて穂積なのだった。皇女は果敢《かかん》で可憐な恋人だったらしい。夫の高市の宮殿を抜け出して自分から男に会いにいっている。「事すでに形《あら》はれて」と詞書にあるから、世間も知り、夫も知ったあとの歌――。

「人言《ひとごと》を繁《しげ》み言痛《こちた》みおのが世にいまだ渡らぬ朝川《あさかは》渡る」（巻二・一一六）

恋愛がオープンな時代とはいえ、やはり人妻の恋は不倫で、神も人もゆるさぬ禁忌《きんき》であった。皇女は禁忌をあえて犯したわけである。――人の噂がかしましくうるさい

ので、あたしは生まれてからはじめて、まだ明けやらぬ暗い朝の川を渡って、会いにいったの。

朝川渡る、は恋の喜びが成就した象徴語とも考えられるが、しかし若い向う見ずな、美しい皇女が文字通り未明の川を渡って、恋人のもとへいそぐ、というイメージはすばらしい。

穂積はそんないちずな恋人を迎えて、どんなに狂喜したことであろうか。

この恋の結末がどうなったかということは私たちの興味ある問題なのだが、高市は思いがけず四十三の若さで亡くなってしまう。

そのあとも但馬と穂積の間に愛はあった。共棲みしたかどうかはわからないが、高市の死後十二年ばかりして但馬も死ぬ。

但馬皇女の死後、穂積皇子が「冬の日に雪の降るに御墓《みはか》を遥望《えうばう》し悲傷流涕《りうてい》して」作った歌がある。

「降る雪はあはにな降りそ吉隠《よなばり》の猪養《ゐかひ》の岡の寒からまくに」（巻二・二〇三）

雪よひどく降るなよ、吉隠（奈良県桜井市）の猪養の岡に眠る、かの人が寒いじゃないか。

ここでもういちどこの節の冒頭に挙げた「今朝の朝明雁が音聞きつ春日山黄葉にけらしわが心痛し」を思い出すと、

「わが心痛し……」に秘められた悲しみが顕《た》って来て、かつての激しい恋から沈潜した人生の憂愁が感じとれるようである。

二人ゆけどゆきすぎがたき秋山をいかでか君がひとりこゆらむ

大伯皇女《おおくのひめみこ》（巻二・一〇六）

大津皇子と同父同母の姉である。十四歳で伊勢の斎宮となり、十二年いた。父・天武が亡くなって騒然たる世の中、弟の大津皇子はひそかに伊勢へ下って姉の皇女に会いにくる。大津は何ごとを姉に告げたのであろうか。十二年も斎宮に在って大伯皇女は二十六になっていた。母に早く死なれた姉弟は、ことさら心を深く結び合わせていたかもしれない。大津皇子は文武にすぐれて人に愛された好青年だった。それが彼の不幸を招くことを姉は予感していたのかもしれない。弟皇子を都へ返すとて見送るときの歌は、どこか不安のひびきを帯び、心の顫動《せんどう》を伝えている。

〈二人で歩いても淋しくてたまらぬ秋の山を、いまごろ弟はどのようにして越えてい

ることだろう〉

この前には、

「わが背子を大和へ遣《や》るとさ夜ふけて暁露《あかときつゆ》にわが立ち濡れし」

の歌があり、万葉らしい詠みぶりで、やさしくはあるが直情である。後世の、たとえば王朝の歌のように、一定のきまりも制約もないから、心の流露するままに真情を訴え、私たちは千三百年昔の肉声を耳もとで聞く気がする。万葉の、これが魅力であろう。

大伯皇女の不安は的中した。大津は草壁皇子方の謀略に陥ち、死を賜わる。二十四だった。大伯皇女はひと月後、斎宮の任解かれて帰京する。もう最愛の弟はこの世にいない。都へ帰ってもしようがない、あの人はもういないのだ。

「神風《かみかぜ》の伊勢の国にもあらましをなにしか来けむ君もあらなくに」（巻二・一六三）

大津皇子が非命に斃《たお》れただけに、大伯皇女の歌は、姉と弟の関係を超えた濃密な情念で彩られているようである。

秋の田の穂の上《へ》に霧《き》らふ朝霞《あさかすみ》何辺《いつへ》の方《かた》に我が恋やまむ

磐姫皇后（巻二・八八）

これはすでに紹介した「ありつつも君をば待たむ打ち靡くわが黒髪に霜の置くまでに」（巻二・八七）を含め、四首連作として収載《しゅうさい》されているものの最後の歌である。四首の中では最も美しいと私は愛している歌である。近代の自我がこめられていて、「ありつつも……」よりも感覚はあたらしい。

〈秋の田の穂の上に、霧がたちこめている。わが胸の思いもさながらに……。いつになったら霧の晴れるように、わが胸の思いも晴れることか……〉

磐媛皇后の時代に、こういう口吻の歌はなかったと思われるので、これも伝承歌であろう。長い時代の歳月にあらわれて、海辺の小石が円くなるように、美しく美しく磨かれていった歌。

この磐媛伝承歌は起承転結の手法で配置されているらしく、その構成に人麻呂が手を染めたのではないかという説もある。

君待つとわが恋ひをればわが宿の簾《すだれ》動かし秋の風吹く

額田王（巻四・四八八）

この「君」は「近江天皇《おうみのすめらみこと》」、すなわち天智天皇であることは詞書からわかる。このあたりの歌は注釈を要しないで現代人の胸にとびこんでくれるから嬉しいが、
〈あのかたのいらっしゃるのを、今か今かと待ちかねていると、家の戸の簾を動かして秋風が吹いていった。その音にもはっと心さわいで……〉
まだ壬申の乱も起きていない。「紫草の匂へる妹《いも》を憎くあらば……」と歌われたころの額田王であってみれば、艶冶《えんや》なおもむきがあって、王朝の恋のような風趣である。

秋萩におきたる露の風吹きて落つる涙はとどめかねつも

山口女王《やまぐちのおおきみ》（巻八・一六一七）

大伴家持はずいぶんいろんな女性に歌を贈られているが、この山口女王もその一人であって『万葉集』には、右の歌のほか五首（巻四・六一三〜七）が載っており、この歌も「家持に贈る」となっている。

〈秋萩においた露の、風に吹かれてほろほろとこぼれおちるように、私の涙もとどめかねて、ひまなく流れるのですわ……〉

山口女王はどんな人だったのかわからない。その伝わる歌もどちらかというと類型的で、ことさら出色の点はなく、平凡である。六首の中では右の秋萩の露の歌がもっともよくて、これを見ると私たちは『源氏物語』を思い出さずにはいられない。紫の上の死ぬ、あのかなしいくだりの「御法《みのり》」の巻に、

「おくと見るほどぞはかなきともすれば風に乱るる萩のうは露」

この紫の上の歌は、自分のはかない命を露によそえているのであったが、「露は別れの涙なるべし」と誦《ずん》じたのは『枕草子』であった。山口女王は王朝文化風資質の人であったのかもしれない。露を玉と見たり、愛する人によそえたり、霧を嘆きの息にたとえたり、涙で袖がぐっしょり濡れる、というのは『万葉集』にも出てくるが、露の玉を涙と見たてるのは、ほかにはないようである。万葉ぶりといえば「音《ね》のみし哭《な》かゆ」というふうな言いかた、あるいは憶良の歌のように、悲しみの極致は「立ち躍

り足すり叫び　伏し仰ぎ　胸打ち嘆き……」（巻五・九〇四）という悲傷が特色であるが、山口女王の歌は悲しみを象徴的に露に托して昇華して美しい。新時代の感性である。

夕月夜《ゆふづくよ》心もしのに白露のおくこの庭にこほろぎ鳴くも

湯原　王《ゆはらのおおきみ》（巻八・一五五二）

湯原王は志貴皇子の王子。志貴皇子はさきに「石《いは》走る垂水の上のさわらびの」（巻八・一四一八）という歌であげたが、この一族にはめでたき詩魂と歌才が伝わったとみえ、湯原王も端正で優婉な歌をのこしている。

この歌、昔、私たちが学生のころは、

「心もしぬに……」

と教わったものだった。萎《な》えるの「しなゆ」、そこから「しぬ」となった、といわれたが、現代では「思努尓」を「しのに」と訓じ、なびくさま、心がひたむきにうちなびくさま、という説と、しおれると、ふた通りになっているようである。

こころもしのに……というと、私たちはすぐ思い出さずにいられないのに、柿本人麻呂の、

「淡海《あふみ》の海夕波千鳥汝《な》が鳴けば情《こころ》もしのに古《いにしへ》思ほゆ」（巻三・二六六）

という絶唱がある。夕波千鳥、という詩句もすばらしいが、人麻呂の口をひとたび通すと、雄渾《ゆうこん》なかにたぐいない哀愁の美がみなぎるのはどういう魔的な働きによるのであろう。近江の古といえば、天智天皇の大津の宮の廃墟である。亡びた天智系とその廃都のために、人麻呂は宮廷詩人として、魂鎮《たましず》めの歌を捧げる必要があった。近江の海よ、夕波にゆらぐ千鳥よ。お前が鳴けば私の心も懐旧万感の思いにうちなびいて、過ぎた昔のことがしのばれるではないか。

さて、湯原王は万葉後期に属する詩人である。『万葉集』は伝承時代を仮りにのぞくとしても、百数十年にわたる長期の歌集であるから、歌風はおのずとうつりかわり、変調し、流動し、展開してくる。

人の心も社会とともにかわる。

詩人たちはおのが心のつぶやきに耳かたむけ、その表現もデリケートになった。いま、「しのに」を「しおれる」と解釈してみれば、

〈夕月の出ている今宵。

あたりいちめんに白露がおりている。こおろぎが鳴きしきる。わが心もしおれるば

かりにこおろぎは鳴きたててやまぬ〉

ここには湯原王の個性があって、人麻呂が「古を思って」心を濡らすのとはまるでちがう詩的宇宙を形づくっている。『万葉集』はそのうつりかわりをたのしむこともできる歌集であって、その折々に、どの歌を愛してもよいのである。

ぬば玉の夜霧の立ちておほほしく照れる月夜《つくよ》のみればかなしさ

大伴坂上郎女（巻六・九八二）

さきにあげた穂積皇子は、晩年、若き十五、六歳の大伴坂上郎女を愛人としていたらしい。打てばひびくような才気煥発の郎女を愛した穂積もいい男だったようであるが、穂積のような恋の手だれによって人生の歴史の一ページを開けた坂上郎女も、さぞ、いい女に成長したことであろう。郎女はめぐりあった男からさまざまの養分を吸収して大きくなっていった。そうしてその詩魂は甥の家持を薫染《くんせん》して、家持の才能を触発する手助けになったのかもしれない。

ところでこの歌は「月の歌三首」として出ているものの一つ。「見者悲沙」は「みればかなしさ」が妥当なよみであろう。

〈夜霧がたちこめて、おぼろに、ぼんやりと照っている、その月夜の光景のなんという物悲しさだろう〉

坂上郎女はこの頃もう四十を過ぎていたろうか。娘二人はすでに嫁がせており、しかし一族の家刀自《いえとじ》として精神的なより所ともなっている。まださかんに歌を作っているころで、右の歌もその前にある安倍朝臣虫麻呂《あべのあそみむしまろ》の月の歌に唱和したのかもしれない。いや、それでいうと、なおその前にある、家持が大伴の本邸を出て別邸に帰るときに詠んだ、

「わが背子が着《け》る衣《きぬ》薄し佐保風《さほかぜ》はいたくな吹きそ家に至るまで」（巻六・九七九）

にも関連して、何かの一族の月見の宴でも張っていたのだろうか、と思われる。宴歌のようだが、練達のよみぶりである。

春日野に時雨《しぐれ》ふる見ゆ明日よりは黄葉《もみち》かざさむ高円《たかまと》の山

藤原八束《ふじわらのやつか》（巻八・一五七一）

〈春日野に時雨が降りつづいている。明日ごろからは高円の山も黄葉を挿頭《かざし》にするごとく、山肌を彩るのであろう……〉

　奈良の春日神社あたり一帯の野を春日野というが、貴公子たちは邸からしぐれする秋の野を眺めたのであろうか。秋を好んだ万葉人たちは、萩の花見に野駈《がけ》し、黄葉に色づく山を賞《め》でて倦《う》まない。

　おっとりしたよみぶりの歌で、おとなの男ふうの一首。

秋の野に咲きたる花を指《および》折りかき数ふれば七種《ななくさ》の花

山上憶良（巻八・一五三七）

　この歌はもう一首の歌とセットになっている。「秋の野の花を詠む歌二首」として、

「萩の花　尾花葛花《くずはな》　なでしこの花　をみなへし　また藤袴《ふじばかま》　朝顔の花」（巻八・一五三八）

というのである。

〈秋の野に咲いている花を指折ってかぞえると七種の花がある〉その七種とは……。

「萩の花……」は五七七、五七七、の旋頭歌《せどうか》の形式になっている。

このうち、萩や葛、尾花などはいまもなお同じ名で呼ばれているが、朝顔だけは異説あって一定しない。むくげとも昼顔のことともいう。なかんずく万葉びとは最も萩を愛したが、これらはみな地味で素朴で野趣にみちた花々である。まるで万葉びとの心のようではないか。

万葉の秋——恋の季節

わが宿のいささ群竹《むらたけ》吹く風の音のかそけきこの夕《ゆふべ》かも

大伴家持（巻十九・四二九一）

『万葉集』二十巻のうち、十七巻以下四巻は、家持の歌日記といわれる。彼自身の歌や漢詩、それに周囲の人との贈答歌などが載せられているが、越中守《えっちゅうのかみ》として赴任時代からそのあとにかけて、家持の詩境の展開をみることができる。

この歌を、まだ学生のころ見たとき、とても『万葉集』の世界とは思えなかった。ましてそのころは、「大君は神にしませば……」というような発想の歌が、万葉調だと思いこまされていた時代だったから……。

〈私の家の庭にささやかな竹林がある。その竹の葉を吹く風の、なんとかそけき葉ずれの音よ。暮れゆく空のもと……〉

なんという近代的な憂愁であろうか。

家持の独白を耳もとで聴く思いがする。万葉の歌は詠み交し、唱和するていのものが多いが、家持は重い吐息とともに、つぶやくのである。

こまやかな、心の顫《ふる》えである。『万葉集』はこの家持の歌（こういう都会的洗練の歌が更にいくつかある）を得て、その厚みと幅を増した。

「いささむら竹」という美しい音は、さながら竹の葉のそよぎの擬音ともいうべく、万葉のメランコリイはこの一首に凝って珠となった。

『万葉集』の中でも、この歌は私の好きなものの一つ。この「かそけき」美は日本の和歌史上、家持がはじめて開拓した。はるか後代に『新古今』がその嫡出子として生まれるが、しかし、技巧で鎧《よろ》ったその美は、家持の純粋無垢の詩境とは微妙にちがっている。家持のこのデリケートな美しさは、技巧から出たものではないのであった。

夕されば小倉の山に鳴く鹿は今宵は鳴かず寝《い》ねにけらしも

舒明《じょめい》天皇（巻八・一五一一）

岡本天皇《おかもとのすめらみこと》は斉明帝との説もあるが、ここは通説に従い、舒明天皇とする。小倉の山は奈良県桜井市の山であろうか。定説はまだない。

あのあたりは隼別《はやぶさわけ》王子と女鳥《めどり》姫が手に手を取って逃げたといわれる故地で、私は『隼別王子の叛乱』を書くとき、何となく心たかぶらせて、そぞろ歩いたものであった。

〈夕ぐれになるといつも小倉山で鳴く鹿は、今宵は鳴かない。もう寝てしまったのであろうか〉

しらべがなだらかで、大らかである。

しかも山ふところ深きあたりの静寂がよく出ていて、さながらわが霊《たま》もあこがれ出るかと思えるばかりである。

いかにも古拙《こせつ》の気韻《きいん》があって、何でもない歌なのに読むとわすれがたい。天皇の宮居は鹿の鳴く声が聞えるほど山近かったのであろうか。
深沈《しんちん》たる夜気が肌に感ぜられるような歌。これは巻九に、雄略《ゆうりゃく》天皇の歌として、
「夕されば小倉の山に臥《ふ》す鹿の今夜《こよひ》は鳴かず寝ねにけらしも」（巻九・一六六四）
というのが冒頭にかかげられていて、どれが正しいか分らぬので、両方載せる、と註がある。「臥す鹿の」と「鳴く鹿は」につき、好みが分れている。私は「鳴く鹿」を取りたい。しらべが美しい。

天の川水陰草《みづかげぐさ》の秋風になびくを見れば時は来にけり

柿本人麻呂（巻十・二〇一三）

この巻は歌を四季にわかち、それを雑歌《ぞうか》と相聞《そうもん》に分けてある。柿本人麻呂の歌集にあると註された七夕の歌は秋の雑歌のうち三十八首もある。

この歌は、彦星（牽牛《けんぎゅう》）の身になって詠んでいる。

〈天の川には川辺の水草が秋風になびいているようだ。ああ、恋しい織姫と年に一度の逢瀬がいよいよやって来たのだ〉

現代の感覚では、七夕は夏であるが、陰暦七月は秋である。七月から九月にかけてを秋の季節とする。

万葉の世の秋は、『古今集』のころのように悲しいものではない。妻問う鹿に恋心を寄せ、七夕をまず連想する。恋の季節なのである。

七夕伝説はかなり早く中国から入ってきたようである。私が子供の頃も、毎年、笹に短冊や紙飾りをつけて、それを持った父に手を引かれ、堂島《どうじま》大橋から夜の大川へ流したものであった。持ちにくい筆を操り、悩んで書いた短冊には、「お習字が上手になりますように」「お裁縫が上達しますように」「お琴がうまく弾けますように」などと技芸の上達を願う言葉を書くものとされていたが、私は小さい頃は、シャーリイ・テンプルちゃんといわれるほど天然のくるくるとカールした髪であったので、友達のようにまっすぐな髪が欲しくて、「ちりちり毛がまっすぐになりますように」と書きたくてならなかった。

赤や青の短冊をつけた笹が、暗い水面へ音もなく吸われ落ちてゆくときの、物悲しいような興ふかいような思い出。

七夕の、そんな行事が千二、三百年も前からの伝説に由来しているとは、歴史とははるかなようで身近なもの、なつかしいものではないか。

この七夕の伝説は、いうまでもないと思ったが、あるとき若い人々と話していて、案外に知らない人がいたのに一驚した。

もともと中国の伝説で、その昔、天の川の東に天帝の子の織女《しょくじょ》がいた。毎日、機《はた》織《おり》に励んでいたが、天帝はそれを嘉《よみ》して、川の西にいる牽牛に嫁がせた。すると織女は機織をすっかりなまけるようになってしまった。天帝は怒って織女をつれ戻し、一年に一度だけ、七月七日の夜に天の川を渡って牽牛に逢うことを許した。

この七月七日の星祭りは、奈良時代には定着したらしい。クリスマスが風俗として現代社会に溶けこんだように、奈良朝の人々も、舶来の伝説や行事に魅力を感じ、またその物語《ロマンス》を愛したのであろう。七夕をうたった歌は実に多く、それぞれ織女の身になったり、牽牛の立場に立ったり、自分をそれによそえて熱心に作っている。

この歌は歌としては何ほどのものでもないが、古代の日本人も、ロマンチック好みだったのだなあ、と思わせる。

誰《た》そ彼《かれ》とわれをな問ひそ九月《ながつき》の露に濡れつつ君待つわれを

柿本人麻呂（巻十・二二四〇）

これは女の立場からうたったものであろう。

この歌を見ると、大津皇子と石川郎女《いらつめ》の相聞が思われるではないか。

「あしひきの山の雫《しづく》に妹《いも》待つとわれ立ちぬれぬ山の雫に」（巻二・一〇七）

大津皇子は草壁皇子と一人の美女を争っていた。それが石川郎女である。

石川郎女とひそかに会う約束をした大津は、

〈君を待って山かげに立ちつくしていると、山の雫にぬれてしまったよ〉

と恋する青年の熱情を押しかくして、表面、さりげなく軽快にうたう。

石川郎女は美しいばかりでなく、打てばひびく才気がある女性だったらしく、

「吾《あ》を待つと君がぬれけむあしひきの山の雫にならましものを」（巻二・一〇八）

〈あら、それじゃ、あたし、その山の雫になりたかったわ、雫になってあなたの肩によりすがるの〉

即妙の機智で切りかえして、いかにも恋の冒険を楽しんでいる弾みがある。それにくらべると、この歌は地味で沈んでいる。

〈誰なのか、あれは、と私のことをお聞きにならないで。九月の冷い露にぬれて、あのかたを待っている私なのです〉

この君は、問いかけた者自身を指している解釈もあり、そうなれば、〈あなたを待っていた私なのに〉という意味になり、切実であるが、ここは第三者に「たそかれ」

と問われたほうが、無理がない気がする。

七夕の歌は、彦星が織姫への愛をうたうもののほうが、織姫の立場の歌より断然多いが、万葉乙女は積極的で、露にぬれて男を待つのである。


笹の葉はみ山もさやにさやげどもわれは妹《いも》思ふ別れ来《き》ぬれば

柿本人麻呂（巻二・一三三）

この歌は「柿本朝臣人麿、石見国《いはみのくに》より妻に別れて上り来る時の歌」の詞書がある。人麻呂は石見に赴任していたのであろうか。

〈笹の葉は風にさやさやと鳴り、全山ざわめいている。しかし私の思うのは妻のことばかり。別れてきてしまったのだもの……〉

み山もさやに乱るとも、という訓《よ》みかたもあるが、ここは世に多くとられている訓みに従った。

万葉のほうが古今より古いのに、なぜ古今より万葉に人の心を搏つ作品が多いのだろう。長い年月を一気に飛びこえて、万葉の呻吟や嘆息は私たちの心を搦《から》め取ってしまう。

深い山の中の、笹の葉のそよぎの中を黙してゆく男。一歩一歩、愛する者から遠ざかる悲しみを、どうするすべもない。沈重《ちんちょう》なひびきに、笹の葉のそよぎのまつわりつくような佳品である。

三熊野の浦の浜木綿《はまゆふ》百重《ももへ》なす心は思《も》へど直《ただ》に逢はぬかも

柿本人麻呂（巻四・四九六）

巻四は全巻、相聞であるが、この歌は人麻呂の歌というより、古い民謡などが伝承され、人麻呂の歌に入れ混ったのではなかろうか。以下四首がたがいに相聞として載せられているが、なかでもこの浜木綿の歌は古雅で大らかで、民謡調である。浜木綿の花をご存じだろうか。暖いところに咲く花で、関西なら紀州へんにしか自生していない。真っ白い細い花弁が木綿《ゆう》（楮《こうぞ》を晒したもの）の乱れるさまに似て、葉は万年青《おもと》のように重なっている。そのため、「百重《ももへ》」の序になったものらしい。『万葉集』で浜木綿がうたわれたのは、集中この一首のみである。万葉びとはよく紀州を訪れたので、熊野の浜辺に咲く珍しい浜木綿を賞でたことであろう。北国にはない花で、その純白の乱れる花弁はなかなかに美しい。私は白浜ではじめて浜木綿を見たとき、昂奮してしまった。万葉の花は、なるべく実物を見るように心しているのだけれども、当時と現代とは呼称も違うので諸説あり、参考書などで調べてもなかなかむつかしい。そんな中で浜木綿はまぎれもない花である。

〈あの人のことを、私は熊野の海辺に咲く浜木綿の、あの幾重にも重なった葉のように、百重にも心では思っているのだが――直接にはなかなか逢えぬことだ〉

　この歌と照応するものとして四首中の最後の歌に、

「百重にも来《き》及《し》かぬかもと思へかも君が使《つかひ》の見れど飽かざらむ」（巻四・四九九）

〈あなたから来る使者は、百たびでもくりかえし来てほしいと思うからかしら、何度見ても使者を見飽きないの〉

　若い時、ひと夏のある日々、私は紀州南端の温泉地にいた。海が見える小さい宿で、岩かげに浜木綿が自生して花をつけているのが見え、波がしらはその根もとまで折々洗うのであった。私は別に思う人を待つ身ではなかったが、スケッチ帖に浜木綿を描いてその横に、「み熊野の……」の歌を書きつけていたら、あとでそれを見た人が、「これはあなたの歌ですか」といったのもおかしい思い出である。

　この歌は若い日の私には、カール・ブッセの「山のあなたの空遠く」や、白秋の

「からまつの林を過ぎて……」の詩と同じように、口にのぼせやすい、美しい愛の歌だった。

君に恋ひ萎《しな》えうらぶれ我が居れば秋風吹きて月かたぶきぬ

読み人知らず（巻十・二二九八）

この「萬葉百首繪かるた」はほかの「万葉集抄」には採らぬような、平均水準作ともいうべき、ごく普通の歌を撰《よ》り出しているところに特徴があるようだ。これも奈良朝びとの一般人の水準の歌なのであろう。著名歌人の歌ではなく、多くは名も伝わらない作者たちの、その折、かの折の吟詠をあつめたものか、これは「月に寄す」として載せられている。この歌も二十世紀の我々が見て、何の註釈も要せず、竹久夢二の、手足の大きい女の絵、ゆるやかに着物を着つけた憂わしい瞳の女を、横に描き添えたくなるようではないか。

〈あのかたが恋しくて、心もうちしおれ、物思いにふけっている私。頬をかすめる風は、おや、もう秋の風。月も西に傾いてしまった……〉

秋風吹きて、とことさらおどろいているのであれば、初秋の風なのであろう。奈良びと風《ふう》にいえば七月はじめの風である。夏は物思いのうちに過ぎてしまったのだった。

蟋蟀《こほろぎ》の待ちよろこぶる秋の夜を寝《ぬ》るしるしなし枕とわれは

読み人知らず（巻十・二二六四）

これも「蟋蟀に寄す」との詞書がある。

このこおろぎも、いまのこおろぎではなく、秋夜に鳴く虫一般について、いったものという説がある。

奈良時代の秋の夜はさぞ、さまざまな虫の音に満ちていたことであろう。「待ちよろこぶる」という通り、降るような虫の音に包まれていたにちがいない。

〈こおろぎが、さあ秋が来たとばかりよろこんで鳴き立てている。だのに、私は独り。せっかくの秋の夜長というのに、枕と私は、寝る甲斐もありはしない〉

枕とともにいる「私」は、どうやら女のようである。

男の訪れを待つ女、という設定らしい。その前の歌に、「雨に寄する」として、

「秋萩を散らす長雨《ながめ》の降るころはひとり起き居《ゐ》て恋ふる夜ぞ多き」（巻十・二二六二）

というのがあり、晩秋の長雨に思いむすぼれた女の恨みが嫋々《じょうじょう》とうたわれる。この萩の花も万葉びとの愛好して措《お》かぬ花で、さきの憶良の秋の七種《ななくさ》にも筆頭にあげられているが、私の好きな歌に、「秋風は涼しくなりぬ馬並《な》めていざ野に行かな萩の花見に」（巻十・二一〇三）がある。

これはいかにも男性の歌らしく颯爽《さっそう》としているが、長雨にほろほろと散る萩の花に寄せた恋の歌は、女のものであろう。

『源氏物語』では萩は、いじらしいもの、心もとなきものとして哀憐の情をそそるゆかりとなる。かの「桐壺」に、母を亡くした幼い源氏の君を思いやる歌がある。

「宮城野の露吹きむすぶ風のおとに小萩がもとを思ひこそやれ」

そして紫の上の死の間際、萩の上露《うわつゆ》は、はかない佳人の露の命にたとえられる。

「おくと見るほどぞはかなきともすれば風に乱るる萩のうは露」

王朝の萩は、はかないすがたなのである。とてものことに、万葉びとの、「いざ野に行かな萩の花見に」の心弾みはないようである。

「横笛」の巻には、式部卿の宮が萩の宴をなされた、というのが見えるが、これについては詳述されていない。桜の宴、藤の宴、鈴虫の宴、と『源氏』には出てくるが、萩の宴にはどんな趣向が凝らされたのだろうか。私は以前、萩の宴は「露の宴」ではなかったかと、あるところに書いたことがある。王朝びとは萩に宿る露を賞でたのかもしれない。

さて、話が逸れたが、萩の花の歌は女の歌らしいが、こおろぎもそうなのだとすれば、これはすこし、さま変って面白い。「寝《ぬ》るしるしなし枕とわれは」は男の歌とも思えるが、もともと万葉時代は、男が女のもとへ通うものだし、待つのが女で、この歌は受動的な意味にとれるから、やはり女の歌なのであろう。

女の歌にしてはどこか一拍おいたおかしみがあって、嫋々たる姿態はないかわり、無邪気でお茶目な若い女、思ったことをズバリと口に出して、頬ふくらませて拗《す》ねているおかしさがある。

〈こおろぎがあんなに喜んでる秋になったというのに、あなたはちっとも来てくれないのね。あたしは枕と二人っきりよ〉

枕に当っているところにユーモアがあり、こんな歌をもらった男は哄笑《こうしょう》したかもしれない。

大君の三笠の山の黄葉《もみちば》は今日の時雨《しぐれ》に散りか過ぎなむ

大伴家持（巻八・一五五四）

巻八の歌はおおむね、作者名が明記してある。この歌は、家持の叔父、大伴宿禰《おおとものすくね》稲公《いなきみ》の、

「しぐれの雨間《ま》なくし降れば三笠山木末《こぬれ》あまねく色づきにけり」（巻八・一五五三）

の歌に和したものである。三笠山は春日大社の裏山で、そのうしろに春日山がある。

犬養孝先生のご本によれば、万葉びとは、もみじの中にも黄葉のほうを好んだらしいとある。紅葉の用字は四例しかなく、歌としては「妹《いも》がりと馬に鞍置きて生駒山うち越えくれば紅葉散りつつ」（巻十・二二〇一）しかないよしである。なお、万葉の黄葉は「もみち」と清《す》んで訓《よ》む。

大和には黄葉美しき樹々が多かったのであろう。「大君の」は「三笠」の枕ことば。

〈三笠山の美事なもみじの葉は今日の時雨に散ってしまうのではないでしょうかねえ〉

時雨は山々の木ぬれの葉を染め、やがて散らせてゆく。自然とともに生きる万葉びとはそのうつろいを身に沁《し》みて楽しみ、生を終える。

「此世のほだし持たらぬ身に、ただ空《そら》の名残りのみぞ惜しき」

と書いたのは兼好法師であった。自然の美しさにだけ、執著《しゅうちゃく》されるというような意味であろうか。

秋づけば尾花が上に置く露の消《け》ぬべくも吾《あ》は思ほゆるかも

日置長枝《へきのながえ》娘子《おとめ》（巻八・一五六四）

このおとめの素性身分は分らない。これは家持に贈ったものらしく、家持はこれに対して、

「わがやどの一群《ひとむら》萩を思ふ児《こ》に見せずほとほと散らしつるかも」（巻八・一五六五）

とかえしている。

〈秋になると、尾花の上に置く露のように、私ははかなく消えてしまいそうに思われます。あなた恋しさのあまり〉

この類歌はほかにもあるが、しらべが美しいので百首に採られたのであろうか。秋の雑歌なので、時候風物につけての感懐を贈答したものであろう。さながら水くきの跡うるわしきおたより、という風情である。

夫婦の愛

馬買はば妹《いも》徒歩《かち》ならむよしゑやし石は踏《ふ》むとも吾《あ》はふたり行かむ

読み人知らず（巻十三・三三一七）

この歌は戦時中から愛されてきた歌で、歳月を経ていまもなお、人々に好もしがられ、たいていの「万葉集抄」には入れられている。

巻十三は長歌集ともいうべく、ほとんど長歌と反歌で成り立っている。歌の作られた年代は分らないし、作者も知れないが、しかし人なつかしい、よくわかる歌が多い。

作者不明というのは、民衆の共有財産ということでもあろう。この「馬買はば……」も、ひょっとしたらそのころの人々が愛した流行歌だったのではないか。みんなが歌い継ぎ、歌い弘めていったのではあるまいか。

この歌は、これだけで独立できない。たぶん「萬葉百首」を選んだ人々も、その前の長歌を背景にしつつ採ったと思われるので、ここへ掲げてみよう。

「つぎねふ　山背道《やましろぢ》を　他夫《ひとつま》の　馬より行くに　己夫《おのづま》し　徒歩《かち》より行けば　見るごとに哭《ね》のみし泣かゆ　其思《そこも》ふに　心し痛し　たらちねの　母が形見《かたみ》と　わが持てる　真《ま》澄鏡《そみかがみ》に蜻蛉領巾《あきづひれ》　負《お》ひ並《な》め持ちて　馬買へわが背」（巻十三・三三一四）

そしてこの長歌に対し、「或る本の反歌に曰はく」として、

「真《ま》澄《そ》鏡《かがみ》持てれどわれは験《しるし》なし君が徒歩《かち》よりなづみ行く見れば」（巻十三・三三一六）

と、「馬買はば」の二首があげられているのである。

〈山城への道を（「つぎねふ」は山城の枕詞）よその夫は馬で行くのに、馬を持たない私の夫は歩いて行くのです。石ころ道、山道、さぞ足を痛め、くたびれることだろうと思うと見るたびに泣けてくるのです。切なくて心が痛みます。お母さんの形見として私が大事にしている、真澄鏡に、あきつ領巾《ひれ》を添えて持っていって、それで馬をお買いになって下さい、ねえあなた……〉

真澄鏡はよく磨かれた白銅の鏡、あきつ領巾は、とんぼの羽のように薄く透ける領巾。古代の女たちは、さまざまな色の領巾をうなじから肩へかけ、腕にまつわらせているのを私たちは絵などで見る。領巾は別れに臨んでうち振られ、わが想いと魂を相

手に伝える物代《ものしろ》ともなった。鏡も領巾も、ともに女の持ちものの中ではことに愛惜するもの。貧しい暮しの中で、妻は母の形見をどんなに大切にしていたであろうか。それを持っていって馬を買え、と夫にすすめるのであった。「真澄鏡持てれどわれは験《しるし》なし君が徒歩《かち》よりなづみ行く見れば」と彼女は言葉を強めていう。

真澄鏡を持っていても、私はそれを喜ぶ気になれないの。あなたが徒歩で難渋していらっしゃると思うと。

それに対して夫が答えたのが「馬買はば」であった。

〈私が馬を買ったとしても、お前は歩いていかなければならないじゃないか、いいよ、いいよ、かまわない、石を踏んでも私たちは二人で歩いていこうよ〉

この夫はなかなかユーモアのセンスがある。妻が思いつめた表情で夫婦愛を発揚したとき、それを機智と諧謔《かいぎゃく》でもって大らかに返し、妻の申し出よりもっと大きな愛のプレゼントで報いている。

たとえばこれを、妻の言葉通りにして馬を買ったら、それは献身の毒気に中《あ》てられてしまうことになり、愛はもはや、腐臭をたてはじめるであろう。夫はかなりそのへんの愛のからくりの洞察に長《た》けた男で、〈おれが馬に乗ったら、お前は歩かなければならないじゃないか〉というのは話をユーモラスにはぐらかしたのである。山城路《やましろじ》をつねに歩いてゆくのは夫の側のみなのだから。

たとえ石を踏んでも二人で歩いていこうよ、というのも、抽象的な表現で、夫は妻が鏡と領巾を日常愛着しているのを、ようく知っていた。

こういう男のやさしい一言で、女はどんな困難にも堪えることができる。これを男の可愛げという。

女から見て〈泣かせますなあ〉というような男の歌。

日本の女たちは千二百年にわたって、男のこういう可愛げを珍重し、賞でてきたのだ。

都なる荒れたる家にひとり寝ば旅にまさりて苦しかるべし

大伴旅人（巻三・四四〇）

旅人は神亀《じんき》五年（七二八）ごろ、太宰帥《だざいのそち》（太宰府の長官）として筑紫へ赴任した。この年六十四歳であった。妻を伴っていったが彼女は旅先でみまかった。旅人の哀傷の歌が十一首とどめられている。

妻が死んだときも悲しかったが、任果てて帰京するときは一層悲しい。旅人が大納言に栄進して筑紫を離れ、上京したのは天平二年（七三〇）であった。帰京の喜びを共にするはずの妻はもう亡い。

〈都にある荒れ果てた家、妻もいない淋しい家にひとり寝たなら、旅寝の苦しさにも増して、どんなにかわびしく辛いことだろう〉

　旅人は妻のいない都での生活の索莫《さくばく》を、今から思いやる。この歌は「京に向ふ時に臨近《ちか》づきて作る」とあるが、帰京の道々、往路は妻と見た風物を、今は一人見る淋しさをうたい、いよいよ家に帰れば、

「我妹子《わぎもこ》が植ゑし梅の木見るごとに心むせつつ涙し流る」（巻三・四五三）

とうたうのであった。旅人は主知的な詩人であったが、亡妻をうたう一連の歌は素直な悲しみが流露している。

　今回は万葉びとのゆたかな情愛世界の中でも、夫と妻の愛をうたったものを「萬葉百首」から抜き出してみた。

妹《いも》が見し棟《あふち》の花は散りぬべし我が泣く涙いまだ干なくに

山上憶良（巻五・七九八）

筑前の国守だった山上憶良は、妻を亡くした旅人に漢詩文と倭《やまと》うたによる連作を捧げてなぐさめた。それは旅人の身になり代って、妻の死を悲しむ歌むらだった。憶良は唐へも渡った当代切ってのインテリである。漢詩文を自在に操り、また日本の歌も、新しい題材や詠みぶりで一つの境地をひらいた。筑前の国守として九州へ下っていた憶良と、一、二年おくれて太宰帥として赴任してきた旅人は年齢も同じころ（憶良が五歳ばかり年長である）、ともに知識人であり、風雅な文学者同士の交流を楽しんだ。旅人が妻を亡くした悲しみはまた、憶良の悲しみでもあった。
〈妻が見るのを好んだ楝《おうち》の花は散ってしまうことだろう、妻を失った私の悲しみの涙はまだ乾きもしないのに〉

幸福《さきはひ》のいかなる人か黒髪の白くなるまで妹《いも》が声をきく

読み人知らず（巻七・一四一一）

この巻はほとんど作者不明のものが多く、歌もことさら目に止まるものは少ないが、この歌は人の心を打つものがある。「挽歌」の中にある。

〈なんという幸福な人だろう、黒髪が白くなるまで妻の声をきくとは。——私は早く妻を失ってしまったというのに……〉

これは挽歌といっても、直接的に妻の死を悲しむていのものではない。共白髪で夫婦で年老いた幸せな人々を羨むかたちで、亡妻を哀惜している。そこにはわが悲しみ、わが不幸を客観視する心のはたらきがある。歌のしらべとしてはごつごつとして野暮ったいが、我々はそこに真率な、りちぎな男の、埋められぬ悲哀と空虚を見る。高砂の尉《じょう》と姥《うば》を人がめでたいことにいうのを、若いときの私は阿呆らしいように思い、無感動であった。いまも結婚は長くつづけばいいというものでもない、と思ったりするのも事実だが、それとは別の次元で、夫婦というものの妙諦《みょうてい》は「仲よく長生きする」ことに尽きるような気もしている。二十代で阿呆らしく思ったことが、五十代の私には、やっぱり世の人と同じく、いみじきことに思える。それも、こういう、悲しみを地味に抑えた男の独白のような歌を知ったからである。

現代も妻に早く先立たれた夫は、この歌のような思いをしているであろうか。おとなにして、はじめてしみじみと共感できる歌である。

吾が背子《せこ》と二人見ませばいくばくかこの降る雪の嬉しからまし

光明皇后（巻八・一六五八）

これは「藤《とう》皇后、天皇《すめらみこと》に奉る御歌一首」とあって、天皇は聖武天皇である。〈わが背の君と二人して見るのであれば、どんなにか、この降る雪が嬉しく思われることでしょうに〉

この巻は四季に分けてあって、これは冬の相聞に入れられている。どういう背景で詠まれたものかは分らないが、何だか大らかで、育ちのいい歌である。

のびのびと明るい、品のいい甘えぶりで、天平の華ともいうべき光明皇后の美貌さえ髣髴《ほうふつ》とするではないか。

私たちは正倉院に伝わる光明皇后の遺墨を知っている。「楽毅論《がっきろん》」のあの筆蹟にみなぎる力強い筆力、朗々たる、しかし男まさりというのではない。「藤三娘《じょう》」という署名にも見られるが何ともいえぬ愛嬌が好もしい。あの筆蹟を思い浮かべれば、この歌はまことに似つかわしく、皇后の艶麗と豪放を合わせもった魅力を知ることができるように思う。

み吉野の山のあらしの寒けくにはたや今夜《こよひ》もわがひとり寝む

文武天皇（巻一・七四）

軽皇子と呼ばれ、草壁皇子の子、そして父草壁に似て薄命で二十五で崩じた天皇である。文武帝の作、と伝えられるものはこの一首だけである。
〈み吉野の山のあらしが寒いというのに、どうやら今夜も私は独り寝をすることだろうか〉

伝誦歌のような感じで、文武天皇作、というのも「或は云はく」と註釈つきで伝えられるもの、これは吉野行幸のときの歌である。

万葉集の巻一と巻二は熟読すべし、ということを私たちは先学から教わった。万葉の精髄はこの巻々にあるという。持統天皇の発案で万葉集は成ったという説もあり、私には女性パワーを評価しているところに心ひかれる説と思えるが、宮廷歌謡集というような巻々に、文武帝の名を落すことはできなかったであろう。持統女帝は、幸い、愛孫より五年早く崩じ、愛児には先立たれたが、二度目の不幸を見ることなくすんだ。そのかわり、持統女帝と同じような立場に立たされたのが文武帝の母・阿閉皇女《あへのひめみこ》であった。彼女は文武帝の遺児・首《おびとの》皇子《みこ》が位に即《つ》くまで元明女帝として即位する。そのあとは皇女の元正《げんしょう》女帝が時を稼ぐ。かくてやっと、首皇子は成人し、聖武天皇として即位する。女帝たちが皇位を守り、女帝たちが「万葉」を咲かせたといえそうである。

久かたの天の露霜《つゆしも》おきにけり家なる人も待ち恋ひぬらむ

大伴坂上郎女（巻四・六五一）

坂上郎女についてはいままでたびたび出てきたからくわしく述べない。

〈おお、もう露の降りるころとなりました。家にある人が気にかかります。その人もさぞ私を待ちこがれていることでしょう。ではおいとまを〉

この「人」は女性である。そうして郎女の娘たちであろう。二人いる娘の長女は大伴家持に、妹は大伴宿禰駿河麻呂に嫁がせている。

この郎女は躍動する才気にまかせて多弁饒舌《じょうぜつ》である。人のことをわが身によそえ、娘に代って流暢《りゅうちょう》に歌をよみかける。この歌も、前後に娘婿の駿河麻呂の歌があるので、娘のことを言いつつ、婿に促したような雰囲気がある。この時代、女は結婚してもしばらく母の家にとどまる。男はそこへ通うという形である。

駿河麻呂は娘の婿であるが、同じ一族の男だし、郎女も気に入った婿と見えて、二人は会うとさながら恋人同士のような戯《ざ》れ唄をかわしている。

駿河麻呂は、〈男たるものが、こんなにしょんぼりしているのは恋のためですよ、それもあなたのせいですよ、そう思いませんか〉と戯れると、〈心では私もあなたのことを忘れる日はありませんが、何たってあなたは艶聞の絶えぬ人ですもの〉などと郎女は返し、それは娘の身になって歌ってはいるが、どこかすれすれの危うい戯《ざ》ればみがある。

「久かたの……」の歌にはそういう遊びはなく、娘を思う母心いちずとなっているが、更に深い思いはこのあとに据えられた、もう一首のほうにある。

「玉守《たまもり》に玉は授けてかつがつも枕と我れはいざふたり寝む」（巻四・六五二）

——娘を玉によそえ、大切にしていた玉は、それを守ってくれる人に托してしまった。淋しいような、ほっと安堵《あんど》したような、でもまあ、とにかく私は、あとに一人残ったのだ。さあ、枕と二人で寝ることにしよう。

娘を嫁がせた母親の心は、この歌で尽くされるのではないだろうか。


家に来てわが屋《や》を見れば玉床《たまどこ》の外《ほか》に向きけり妹《いも》が木枕《こまくら》

柿本人麻呂（巻二・二一六）

巻二の「挽歌」にある。人麻呂が妻のみまかったのを悲しんだ一連の歌の中の一首。「泣血哀慟《きふけつあいどう》して作る歌」とある。彼の妻は軽《かる》の里に住んでいたらしい。そこから妻の死《し》を報らせる使いがきた。人麻呂は、

「言はむすべ　為《せ》むすべ知らに」

驚き惑う。「木枕」の歌は三首めの長歌の、反歌である。長歌で人麻呂は、妻が生前しばしば好んで立ち出た軽の市《いち》の雑踏に身を置き、もしや妻に似た人もがなとさがしたりする。妻は秋山の黄葉《もみじ》の中へ迷い入ってしまった。その姿をさがし求めるすべもないのである。

〈亡き妻を、すべもないことと知りつつさがし求め、甲斐もなく家へかえりついて、

妻といつも共に臥していた床を見れば、妻の使っていた木枕が、空しくも床から転がっている〉

木枕という具体的なものが示されたとき、人麻呂の悲しみはリアルになった。

人麻呂の妻をいたむ歌は、大伴旅人にも影響を与えたことであろう。

尤《もっと》も、人麻呂の長歌は宮廷であまたの人々を前に朗々と吟誦され、人々の紅涙を絞ったらしいので、おのずと歌風は旅人や憶良とちがうが、この「木枕」の反歌は個人的感懐を洩らして悲しい。

そのころは黄楊《つげ》などで作ったという。妻のかぐわしい匂いもまだ、とどまっていたことであろう。

憶良らは今は罷《まか》らむ子泣くらむそれその母も吾《あ》を待つらむぞ

山上憶良（巻三・三三七）

憶良が「宴《うたげ》を罷《まか》る歌一首」として載っている。太宰府での宴の歌であろう。この前にはさきにあげた「あをによし奈良の都は咲く花のにほふがごとく今盛りなり」（巻三・三三八）につづく宴席の歌がある。「其彼母毛」は「その彼《か》の母も」「そもその母も」また「彼」を「被」の誤字として「そを負ふ母も」などさまざまあり、定説はない。私などが学生のころは「その彼《か》の母も」と習ってきたが、これは斎藤茂吉もそう訓《よ》む。ここでは『新潮日本古典集成』に拠った。

憶良らの「ら」は接尾語で複数をあらわすのではない。こういう言い方はいまも上方弁にあり、「ウチらは……」と使ったりする。

〈私め、憶良などはもう失礼して帰らせて頂きましょう、子供も泣いていましょうからな。……いや、その母も私の帰りを待っていましょうて〉

宴席にある男が、子供のことを言い出すのはちょっとしたルール違反である。子供、家庭のことは男の宴ではタブーである。しかし老年の憶良はぬけぬけと言い放って憚《はばか》らない。人々が興ざめしたところで、ひょいと、「その母も自分を待っていよう」、つまり、憶良の妻が待っていると、そちらの方に重みをかけて言い、そのおどけぶりに、宴の興はいっそうたかまったであろう。

憶良のうたは、万葉集の中でもちょっと異風なことはすぐわかる。人麻呂の荘重雄大な歌に親しんだあとは、ことに憶良は人なつかしく身近に思われ、このあいだ死んだ伯父さん、とでもいう感じである。

憶良は貧しい庶民の生活をうたう。自分の人生の苦しさをうたう。六十七になって地方官として五年、早く京に戻してほしいと、なりふりかまわず哀願してうたう。

その、なりふりかまわぬさまが、現代の私たちにはむしろ共感をよぶ。

憶良は歌をつくりはじめたのが遅かった。多分、若いころから漢学の素養があり、渡唐によってそれはますます磨かれ、漢詩文を弄していたのであろう。九州在住時代に旅人らと知り、その刺激を受けて歌をつくり出した。そうして突如として早くも憶良風の歌ぶりを確立する。

長い人生経験、漢文学の素養、そういうものが底にあり、ある意味では、図太い歌である。時に理屈があり、理づめになり、むきつけであるが、そのかわり、歌の常識の枠をとっぱらい、自由自在である。「憶良らは」と自分の名をぬけぬけと持ち出すのも、人の意表をつく。

銀《しろかね》も金《くがね》も玉も何せむにまされる宝子にしかめやも

山上憶良（巻五・八〇三）

〈銀・黄金・玉。それが何になろう。それらの宝も子供には及ばないではないか〉

これは有名な歌で、戦前から人口に膾炙《かいしゃ》しているけれど、憶良の理詰めの傾向が出ていてあまり面白くない。これは長歌の反歌で、断然、長歌のほうがいい。

「瓜《うり》食《は》めば　子ども思ほゆ　栗《くり》食めば　まして偲《しぬ》はゆ　何処《いづく》より　来《きた》りしものぞ　まなかひに　もとなかかりて　安眠《やすい》し寝《な》さぬ」（巻五・八〇二）

瓜を食べれば子どものことが思われる。栗を食べればいっそう子どものことがいとしい。子どもというものは一体どこからきたのだ。いかなる縁でわが子と生まれたのか。絶えず目の前に面影はちらつき、安眠もさせてくれないのだ。このいとしき者よ。

——

瓜も栗も、幼い子どもの食べるものらしいところがいい。この長歌も恥ずかしいばかり人間の真情を直截にうたい切る。

憶良は七十で幼な子をうたった作品が多いので、これは象徴的にいっているのか、知人になり代って歌ったのか、孫のことか、などともいわれているが、私の想像では彼は筑紫でか、またはそれ以前、都にいたときに若い妻を持ったのではないかと思われる。自身が若いころの最初の妻には子が出来なかったのかもしれない。老年になってはじめて得た子であればその愛執はいよいよ深いであろうではないか。老い病みて、なお成人しない幼い子ら何人かを抱えたればこそ、彼の「沈《ちん》痾《あ》自《じ》哀文《あいぶん》」の凄絶な苦悩が推しはかられる気がする。男性が六、七十歳代でも女性に子供を生ませている実例を、私たちは往々、見るのだから……。「瓜食めば」の歌も、そう思えば迷妄深い親心である。

青年たちの歌

新《あらた》しき年の始《はじめ》に思ふどちい群《む》れて居《を》れば嬉しくもあるか

道祖王《ふなどのおおきみ》（巻十九・四二八四）

この巻は大伴家持の歌日記といわれる巻々（巻十七から巻二十まで）の一つであるが、家持の名作があまたこの巻におさめられているので注目される。

しかしそのほかに、ほかの人々の作品もかなり多く、それら作者の名を見ると、さながら天平の世の縮図のようである。聖武天皇、光明皇后、孝謙天皇、橘諸兄《もろえ》、藤原八束、石上宅嗣《いそのかみのやかつぐ》、橘三千代、藤原仲麻呂……。

さて、この歌だが、いかにも新年らしき昂揚した気分が快いので冒頭にかかげた。

天平勝宝五年（七五三）正月四日、石上宅嗣の邸で新年宴会がひらかれた。そのときの歌である。

〈新しい年のはじめに気心の知れあった友人たちが集って、胸襟《きょうきん》を開いて語り合うって、いや実に嬉しいじゃないか〉

現代は女たちもこういう集りを持つことが多く、「思ふどちい群れる」嬉しさを味わっているが、昔はその楽しさは、男のものだったのかもしれない。青春酩酊というべきか、『万葉集』にはこのとき、道祖王の歌と相客の茨田王《まむたのおおきみ》の歌、それにあるじの宅嗣の歌、三首をのせる。青年たちの放歌高吟まで聞えそうな、いかにも若い男性らしい闊達《かったつ》な歌いぶりである。

しかし後世の私たちは、この作者の道祖王を襲った非情な運命を知っている。道祖王はこの時点までは、そんな運命は予想もしなかったであろう。

道祖王は新田部皇子《にいたべのみこ》の王子で、天武天皇の孫にあたる。このころは三十代のはじめか、半ばか。この年より三年後に、聖武天皇の遺詔で皇太子にたてられることになるが、たぶんその可能性を知っていて、意気軒昂の時代だったかもしれない。石上宅嗣のほうは二十五歳ぐらい、インテリで文化人で快活な性格ゆえ、人気があった。当時の社交界の名物男たちが集った宴だったわけ。

時は孝謙女帝と藤原仲麻呂が政権を執っていた。一代の盛儀、大仏開眼供養はこの前年で、奈良の都は花の盛りである。

時代を先取りするような気鋭の貴公子たちが、火の如き気焔《きえん》を吐く気持は充分わかるのだが、策士の仲麻呂はそのあいだも、着々と網を張りめぐらしていた。

三年後、聖武天皇が崩ずると、道祖王は皇太子となったが、たちまち廃せられ、翌年の橘奈良麻呂の乱では連座して処刑されてしまった。天平の世は爛熟したようにみえつつ、疑心暗鬼と呪咀と陰謀が渦巻く、血みどろの時代であった。

平安朝文化が確立したころは政権をめぐる暗闘はやはり烈しいといっても、それでも敗残者が首切られることはなかった。しかし奈良の女帝の都では苛烈だった。叛乱者の烙印を押されれば死あるのみ。一味に連座した者は「杖下《じょうか》に死す」というさまで、道祖王もその一人だった。

そんな運命が先に待っているとも知らず、壮年のプリンスは意気たかく盃をあげて、友情をたたえ唱う。――「新しき年の始に思ふどちい群れて居れば嬉しくもあるか」――一寸先もわからない人生であればこそ、つかのまの歓会の、なんとよろこばしく、心たかぶることであろう。

天皇《すめろき》の御代栄えむと東《あづま》なる陸奥山《みちのくやま》に黄金《くがね》花咲く

大伴家持（巻十八・四〇九七）

これは天平感宝元年（七四九）五月十二日に、家持が越中の国守の館で作ったとある。家持は越中守として赴任して四年目である。その年二月、陸奥国から黄金が出たという知らせが朝廷にとどいた。大仏を鋳造しつつあるところだったが、大仏に塗る金が少ないのが聖武天皇の悩みだった。そこへ産金の報告がもたらされたので、天皇は欣喜して、年号も「天平感宝」とあらためた。家持はこのとき長歌一首と反歌三首をよむ。そのうちの一首が「黄金花咲く」である。

これは「愛国百人一首」にも入っている。

〈わが大君の聖代が栄えるであろうと、それをことおぐように陸奥の国の山に黄金の花が咲く〉

景気のよい歌なので、戦前は大いにもてはやされた歌であった。昭和十九年二十年の、戦雲が暗澹《あんたん》とたれこめた時代に、「黄金花咲く」とはいかにも皮肉なとり合わせである。

実はこの歌より長歌のほうが意味深い。家持は古来の武門の家の長《おさ》として一族を教え訓《さと》す。その長歌に、

「海行かば　水《み》浸《つ》く屍《かばね》　山行かば　草生《む》す屍　大君の　辺《へ》にこそ死なめ　顧みはせじ」（巻十八・四〇九四）

の詩句が出てくる。

「梓弓《あづさゆみ》　手に取り持ちて　剣太刀　腰に取り佩《は》き　朝守り　夕《ゆふ》の守りに　大君の御門《みかど》の守り　われをおきて　人はあらじと　弥《いや》立《た》て　思ひし増《まさ》る」

それが武門の名門大伴氏の誇りであった。

しかし清き明《あか》き直き心ひとすじの武人貴族は奸譎《かんきつ》で老猾な政治貴族の跳梁の前にはひとたまりもなく、政変のたびに大伴氏は逼塞《ひっそく》してゆく。

家持は聖代をことおぐのに寄せて一族のプライドをふるい立たせようとする。

ところで黄金は、大仏のおん眼にでも塗られたのであろうか。――家持は国家的盛儀の開眼供養については何の歌も残していない。

剣太刀を腰に取り佩《は》く武門としては、光明皇后や孝謙女帝の存在は気に食わなかったのかもしれない。

もののふの臣《おみ》の壮士《をとこ》は大君の任《まけ》のまにまに聞くといふものぞ

笠金村《かさのかなむら》（巻三・三六九）

戦時中の天皇讃美の風潮にはぴったりしているように思われて、愛された歌である。

この歌の前に、石上乙麻呂《いそのかみのおとまろ》の歌として、

「大船に真楫《まかぢ》しじ貫《ぬ》き大君の命《みこと》かしこみ磯廻《いそみ》するかも」（巻三・三六八）

という歌が載せられている。乙麻呂はさきの宅嗣の父である。越前の国守として赴任するときよんだという。

――大君のご命令のままに我々は大船にたくさんの楫《かじ》をとりつけて、磯から磯へと漕ぎ出してゆくのだ――それに答えて、金村は歌う。

〈朝廷に仕える官人たるものは、天皇のご命令のままに服し、従うものであるのです〉

ひとにぎりのトップの者らは政争に明け暮れていたが、まじめな中級下級の文武百官は任務に精励していたのであろう。金村の廉直な人柄を思わせる。

千万《ちよろづ》の軍《いくさ》なりとも言挙げせず取りて来《き》ぬべき男《をのこ》とぞ思ふ

高橋虫麻呂《たかはしのむしまろ》（巻六・九七二）

戦場に知人や肉親を送る人々は、生きて帰ってほしいと、あからさまにいえなかった。本音はひそかに耳もとで告げて、うわべはこの歌のように勇ましく送らねばならなかった。

〈たとえ千万人の大軍勢が向ってこようとも、あなたはとやかく言い立てたり、言いのがれたりせず、勇ましく戦って討ち平げてくるますらおだと信じております〉

虫麻呂が励ましたのは、藤原宇合《うまかい》である。宇合は九州方面の軍事を掌握する長官として遣わされた。宇合は有名な藤原四兄弟、つまり不比等《ふひと》の四人の息子のうちの三男である。

宇合は遣唐副使になったり、常陸《ひたち》の国守にされたり、蝦夷《えぞ》の征討に赴かされたり、と、才腕のある人だけにずいぶんあちこちへ動かされてきた。それが今度は西海道節《さいかいどうせつ》度使《どし》である。やれやれ、またぞろ、遠いところへやられるのかと倦んだのであろう。

この天平四年（七三二）、彼は三十九である。昔の部下だったらしい虫麻呂に励まされ、壮行会の席では聖武天皇にも勇気づける御製を賜わったというのに、彼はこんな漢詩をつくっている。

「往歳ハ東山ノ役《えき》　今年ハ西海ノ行《こう》
行人一生ノ裏《うち》　幾度カ倦マン㆓辺兵《へんぺい》ニ㆒」

一生をこんな辺境の長官で過ぎてしまうのかなあという長大息が聞える。

虫麻呂は巻九の「高橋連《むらじ》虫麻呂の歌集の中に出づ」にみえる歌に特色ある作品が多い。第二節「夏だより、夏の恋」にあげた「かき霧《き》らし雨のふる夜をほととぎすなきてゆくなりあはれその鳥」（巻九・一七五六）も現代では虫麻呂作といわれる。浦島伝説などを歌ったユニークな歌人である。この「萬葉百首選」にはもう一首、虫麻呂の歌が採られている。

富士の嶺《ね》に降り置く雪は六月《みなつき》の十五日《もち》に消《け》ぬればその夜降りけり
高橋虫麻呂（巻三・三二〇）

ふしぎな歌で、これだけを読んでも何のことかわからないのだが、これはその前の長歌「富士の山を詠む歌一首」から読みすすみ、更に富士山の伝説を知らないといけない。

虫麻呂という人は、昔のロマンチックな伝説や物語にいたく興味をもった人とみえ、その点、早い時期のロマンス作家といえる。真率な心の叫びをそのまま歌う、万葉歌人とは、ちょっとおもむきを異《こと》にしていて面白い。

虫麻呂は富士の山をたたえるのに、その高さは「天雲も　い行きはばかり　飛ぶ鳥も　飛びものぼらず」（巻三・三一九）と歌う。

しかも富士山はそのころ、噴火していた。

煙ののぼる山だったのだ。

「燃ゆる火を　雪もち消《け》ち　降る雪を　火もち消ちつつ」（巻三・三一九）

火と雪の山なのである。虫麻呂はそれをダイナミックに讃美する。短歌の心は、

〈富士の嶺に積る雪は真夏の六月十五日に消えるというが、伝説では、雪の消えたその夜の、子《ね》の刻――午前零時ぐらい――にまた新しい雪が降り出すということだ〉

虫麻呂は奇《くす》しき言い伝えに心うばわれているのである。

「日の本の　大和の国の　鎮《しづ》めとも　います神かも　宝とも　なれる山かも」（巻三・三一九）

彼は霊山の雪と火に、ふかい畏敬の念をもってうたう。

ついでにそのあたりの名所の歌をあげておこう。

昼見れど飽かぬ田子の浦大君の命《みこと》畏《かしこ》み夜《よる》見つるかも

田口益人《たのくちのますひと》（巻三・二九七）

和銅《わどう》元年（七〇八）田口益人は上野国《かみつけのくに》（いまの群馬県）の国守に任じられる。任国へ急ぐ途中、田子の浦で夜になってしまった。官命の旅は先を急ぐ。

〈都にまで風光明媚で聞えている田子の浦を、夜、通りすぎることになってしまった。残念だが、天皇のご命令で任地に赴く身、これもしかたのないこと。昼見ればさぞ美しいことだろうが〉

七〇八年といえば元明天皇時代、まだ壬申の乱の記憶はうすれず、天武朝のエネルギーと理想の残映が残っている時代である。官吏は篤実で、おのが仕事に誇りと使命感をもっていたのであろう。ついでにそこで泊って田子の浦をゆっくり見ていこうという図々しい気はおきなかったらしい。

官では、どこそこの任国へ着くには何日と、かなりこまかく日数をきめられていたようで、ずぼらは許されない。さだめによれば上野の国までは十四日とされていたそうだが、人や物資も多かったろうし、心がいそがれたことであろう。

旅人の宿りせむ野に霜降らば我が子羽《は》ぐくめ天《あめ》の鶴群《たづむら》

遣唐使随員の母（巻九・一七九一）

時代を超えて人を搏《う》つ歌であろう。遣唐使の一行の母というだけで名は分らない。〈旅人が野宿をする野に霜が降るような寒い夜は、どうか私の愛児《まなご》をお前の羽で掩いつつんで、あたためてやっておくれ、空をゆく鶴のむれよ〉天平五年（七三三）の遣唐使は大使が多治比広成《たじひのひろなり》であった。総員五九四名が四隻の船に乗って難波《なにわ》を出発した。この歌をよんだ母の子は、一行の従者であったか、留学生であったのか。

この歌の前の長歌には「わが独り子の　草枕　旅にし行けば」（巻九・一七九〇）とあるから、一人息子だったらしいが、無事に帰り着いただろうか。この回の船旅は悲惨な結果となった。出発した四隻のうち、二隻しか、祖国へ戻ってこなかった。

危険の多い旅であることは、この母も充分わきまえていたから、恐ろしい不安に髪も白くなる思いだったに違いない。しかし男は出発しなければならない。雲烟万里《うんえんばんり》の彼方へ。母はひたすら祈るだけである。異郷のわが子をはぐくむのは天の鶴ではなかった。母の思いそのものであった。

私はこの歌を見ると、天平の世にも「岸壁の母」がいたのではないかという気がする。一行の半数がやっと帰って来たが、その中にわが子はいない。しかしどこかの島へ打ちあげられるか、救けられるかして、いまにも帰ってくるのではないかと、毎日、難波の湊《みなと》に立ちつくす天平の母も、いたのではあるまいか。

から国に行き足《たら》はして帰り来《こ》むますらたけをに御酒《みき》たてまつる

多治比鷹主《たじひのたかぬし》（巻十九・四二六二）

この歌はさきの遣唐使のときよりほぼ二十年ほどあとの、天平勝宝二年（七五〇）の遣唐副使、大伴古麻呂《こまろ》に捧げた歌である。送別会が宮門警備の長官・大伴古慈悲《こじひ》の家で開かれたとき、多治比鷹主は古麻呂を力強く励ました。

〈唐の国へ使いされ、立派にお役目を果されて帰って来られるであろう堂々たるますらおに、御酒を捧げてご無事を祈ります〉

遣唐使たちの運命はつねにドラマティックであるが、この天平勝宝度の船もそうであった。

古麻呂は幸いつつがなく帰ってきたが、大使・藤原清河《きよかわ》の船は安南まで流され、唐へあやうく逃れ戻った。そしてついに再び日本の土を踏むことなく、阿倍仲麻呂とともに唐で果てた。

古麻呂は遣唐副使として、日本の体面を守って気骨があった。使臣が集まる謁見のとき、新羅より日本の席が下位にあるのに抗議して主張を通したという。その帰朝に際して、唐僧の鑑真《がんじん》を伴ったのも彼であった――なかなか見識のある豪胆な男であったが、前に書いた奈良麻呂の変に連座して処刑された。多治比鷹主もまた運命を共にした。――彼らを屠った藤原仲麻呂もまた、のちにはめぐりめぐって、一族もろとも誅されることになるのだが……。

ともあれ、この歌は歯切れよく男っぽく、戦時中、戦野に赴く兵士への餞《はなむ》けにはまことによく適《かな》っていた。

万里の波濤をついて決死の覚悟で赴くには、これくらいの気合いがなければならなかったであろう。

すこし男っぽい歌がつづくが、これも『万葉集』の一面であれば……。

士《をのこ》やも空しかるべき万代《よろづよ》に語り続《つ》ぐべき名は立てずして

山上憶良（巻六・九七八）

この歌には説明がある。憶良は重い病に沈み、藤原八束が使者を見舞いにやったとき、謝辞をのべてしばらくして涙を拭き、悲しんでこの歌をうたったという。それは天平五年（七三三）で、すでに憶良は七十四歳であった。藤原八束は権門のプリンスで、まだ十九歳の青年、憶良を尊敬して師事していたのかもしれない。

憶良は老年の上に病が重いのを悲しむ。死んだほうがましだと思いながらも、身辺に騒ぎ廻る小さい子供たちを見ては死ぬにも死ねない。その上に憶良はみずからを責めるのである。

〈男子たるもの、空しく一生を送ってよいものであろうか。万代までも語り継がれるような名を立てもせずに……〉

憶良は漢文学の素養の深い人だけに、中国風な発想が板についている。男子の本懐は、その名を立てることにあるという。

戦前はこれもまことにすんなりと人々に受けとめられた思想であって、「仰げば尊し」にも「身を立て　名を上げ　やよ励《はげ》めよ」の歌詞があったように思う。

斎藤茂吉は、この歌につき、しらべは流動的だが、

「後代の吾等にとっては稍《やや》大づかみに響く」

といっている。この歌は憶良の辞世となったが、現代人の心情としては、「名は立てずして」の歌よりもたとえば憶良の、

「術《すべ》もなく苦しくあれば出で走り去《い》なと思へど児《こ》らに障《さや》りぬ」（巻五・八九九）

の悲痛な叫びに共感をおぼえるであろう。

憶良は最後まで煩悩にまみれて、よろめき生きた人だった。業苦の現役のまま死んでいった人であった。

憶良の崇拝者であった家持は、憶良の「士《をのこ》やも」の歌に感動し、唱和した。

「大夫《ますらを》は名をし立つべし後の代に聞き継ぐ人も語り続《つ》ぐがね」（巻十九・四一六五）

しかし家持の名が語りつづけられたのは、本来の面目たる武門の棟梁としてではなく、歌人としての名である。

さて、「万葉集抄」には必ず拾われる歌を次にあげておこう。

葦辺《あしべ》ゆく鴨の羽がひに霜降りて寒き夕べは大和し思ほゆ

志貴皇子（巻一・六四）

慶雲三年（七〇六）難波の宮に行幸された時の歌、とある。天皇は、かの青年帝・文武である。

難波の宮はさびしい海辺の葦そよぐところにある。

〈葦の生い茂る水辺をゆく鴨の羽交《はが》いに、霜が降るような寒い夕べだ。

何というきびしい寒さだろう。

してまた、何という静けさだろう。

こんな夜は故郷の大和がひとしお思われる。

大和を思うことは、妻を思うこと……〉

この皇子の歌は冒頭の「垂水」の歌と同じく、つねに清冽な気品があって端正である。

鴨は一羽二羽ではなく、あまた居て、浪にゆられたり、葦の根もとに身を寄せ合ったりしていたのであろう。羽交いというのは、羽を重ね合って交わるところであるが、鳥の翼に霜がきらきら光るというのは、さながら志貴皇子の詩心が凝ったようだ。さきにも書いたように、皇子は天智帝の第七皇子で、世が天武朝となりそのあともずうっと天武系の皇統がつづいたから、生きにくく過ごしたが、あたまのいい人だったとみえて巧妙に身を処した。

神護景雲四年（七七〇）称徳《しょうとく》女帝は崩じ、天武系の皇統が絶えた。猜疑心の強い女帝が片端から身内の皇族を抹殺してしまったのだ。皇子のお子の一人に白壁王という、すでに老境にさしかかった皇子がいた。この人は酒に溺れるふりをして身を完うしたが、女帝崩御ののち迎えられて皇位につき、光仁《こうにん》天皇となって、久しぶりに天智系が皇統をついだ。父の志貴皇子は、それより五十年も前に田原《たわら》の里の陵《みささぎ》にねむっていたが、諡名《おくりな》されて「田原天皇」とよばれることになった。

しかしそういう世俗の光栄が何であろう。

私たちは皇子の「垂水のさわらび」の春の歓びの歌や、葦辺の鴨の霜に心も萎《しお》れる歌で、いつまでも皇子を忘れないでいる。志貴皇子の端麗・清冽な詩魂を民族の財産としている。

冬から春へ

巻向《まきむく》の檜原《ひはら》もいまだ雲居《くもゐ》ねば小松が末《うれ》ゆ沫雪《あわゆき》ながる

柿本人麻呂（巻十・二三一四）

この巻は作者不明歌が多いが、「柿本朝臣人麻呂の歌集に出づ」と註された歌もかなり入っている。これもそのうちの一首。

人麻呂は愛の歌人である。「万葉の秋」の節で、「石見国より妻に別れて上り来る時の歌」を紹介したごとく（「笹の葉はみ山もさやにさやげどもわれは妹《いも》思ふ別れ来《き》ぬれば」（巻二・一三三））、彼の大きな情熱の鼓動は、あるいは妻への慟哭《どうこく》となり、または敬慕して措かない天皇や皇子皇女への鑽仰となって力強く脈打つ。

愛の歌人ではあるが、また叙景歌にみなぎる彼の緊張感にも特徴がある。人麻呂は自然を詠むときも、相聞や挽歌を詠むときと同じような濃密な情感を、塗りこめずにはいられないらしい。

その点、清新な自然を、清新に素直にうたいあげる赤人とはちがうようである。

しかし人麻呂の力づよい叙景歌も、それはそれで躍動感があって美しい。

この「巻向」の冬の歌はこの巻では四首でワンセットになっているが、この「百首選」には後半二首が入っている。巻向についての彼の歌は多い。やはり「人麻呂が歌集に出づ」とある歌に、「鳴る神の音《おと》のみ聞きし巻向の檜原の山を今日見つるかも」（巻七・一〇九二）というのがあり、噂に名高い巻向の檜のみごとな林で掩われた山を、今日見ることができた、というような意味である。巻向は大和、奈良県の三輪山の東北であるが、穴師川に立って望めば、右に三輪山、左に巻向山、そのまん中の奥に遠く弓月《ゆづき》が嶽《たけ》がのぞまれる。人麻呂がこの巻向や穴師川の歌を多く作っているのは、あるいはこの地に妻の一人を据えていたのではないかともいわれる。

それはともかく、この地は上代、雨乞いの聖地で水を司る神への信仰で、当時、名高かったのであろう（いまもなお竜王信仰がこの地の山里に残っている）。

人麻呂は神への敬虔な信仰に巻向の自然を重ね合わせ、巻向讃歌というべき一連の歌むらをのこす。

「ぬばたまの夜《よる》さり来れば巻向の川音《かはと》高しも嵐かも疾《と》き」（巻七・一一〇一）
「巻向の山辺とよみて行く水の水沫《みなわ》の如し世の人われは」（巻七・一二六九）
三輪、巻向の山々の峡谷に川音はたかい。人麻呂はその泡沫のようにはかないわが身を思う。

そして目を転じて山を見上げれば、泡のようなこまかい雪がまなかいをかすめるではないか。

〈巻向山の檜の林にはまだ雲もかからぬのに、小松の枝の先から、はや沫雪《あわゆき》が流れてくる〉

この情景は静止した絵ではない。墨絵のような山肌が、くっきり見えるのに、松の梢には流れる雲が渦巻くのである。

　あしひきの山道《やまぢ》も知らず白橿《しらかし》の枝もとををに雪の降れれば
　　　　柿本人麻呂（巻十・二三一五）

さきにつづけて載っているが、左註に、「或本には『三方沙弥《みかたのさみ》が作』といふ」とある。しかし一応は「柿本人麻呂が歌集に出づ」の中に括《くく》られているので、「百首選」に従って人麻呂作、としておこう。

　雪はいよいよ激しく降る。

〈山道はわからなくなってしまった。――白橿の枝もたわむばかり雪が降り積ったから。――いちめん、ただいちめんの白い雪野になった〉

あしひきの山川《やまがは》の瀬の響《な》るなべに弓月《ゆづき》が嶽《たけ》に雲立ちわたる

柿本人麻呂（巻七・一〇八八）

〈山峡の瀬音はいっそう高くなり、それにつれて弓月が嶽のあたりに雲がわきおこってきた――嵐の前じらせであろうか〉

穴師川の瀬音も、弓月が嶽の雲も、人麻呂がうたうと、まことに人間くさい息吹きを放つ。山河は激情し、鳴動する。この歌の生気ある立体感は、近代ことに人々に愛されているもの。素朴で力づよく、いかにも、

（万葉調だなあ……）

と思わせる歌である。なお、私たちは昔、「なるなべに」と習ったが、原典の「響苗尓」を、『新潮日本古典集成』では「鳴るなへに」と訓《よ》んでいるので、両方を書いておく。「なるなべに」は、「なると同時に」「なると共に」というような意味。——男っぽい歌いぶりの歌である。

今回は冬から春へ、の感じを、「百首選」から拾ってみたいと思うが、人麻呂の雄大な叙景歌が出れば、ここは当然、山部赤人を拉《らっ》してこなければならない。人麻呂の巻向の山に対抗して、赤人の吉野の歌を挙げるべきであろう。

ぬばたまの夜の更《ふ》けゆけば久木《ひさぎ》生《お》ふる清き川原《かはら》に千鳥しば鳴く

山部赤人（巻六・九二五）

赤人はくわしい伝記はわからないが、人麻呂におくれること、二、三十年のちに、人麻呂のあとをおそった宮廷歌人であるらしい。人麻呂は持統朝の光栄をうたい上げたが、赤人は元正・聖武の朝廷を飾る歌人であったようだ。聖武帝が紀州へ、あるいは吉野へと行幸するたびに、笠金村らとともに、宮廷讃歌を捧げている。

赤人も昔から日本人に愛される歌よみで、その自然へのなつかしい同化のしかたが、民族的共感をよぶのであろう。私も、人麻呂の大きい振幅についてゆけない気がするときは、赤人がよい。白鳳期の昂揚感が沈静して、赤人は静謐《せいひつ》な自然との調和をうたおうとする。

「春の野にすみれ摘みにと来《こ》し我ぞ野をなつかしみ一夜寝にける」（巻八・一四二四）

なども、少女のころに発見して、すんなりわかる歌であったから、じつに嬉しく慕わしかった。ここには王朝歌人の気むずかしい美学はなく、といって後期の家持のうたの繊細さとも質のちがう、「男のやさしさ」のようなものがある。

少女は眼をまるくみはり、唇をまるく開《あ》けて、「万葉の男ぶりのやさしさ、朴直《ぼくちょく》のよさ」に感動したのであった。

神亀二年（七二五）、聖武帝の吉野離宮への行幸に赤人は従い、長歌と短歌を捧げている。この歌はもう一首の歌と一対になって鑑賞されることが多いので、ついでにかかげよう。

「み吉野の象山《きさやま》の際《ま》の木末《こぬれ》にはここだも騒ぐ鳥の声かも」（巻六・九二四）

この歌では山の静寂《しじま》を、「ぬばたまの……」の歌では川の玲瓏《れいろう》を、赤人は讃える。

吉野の宮滝というところが、吉野離宮のあとと伝えられるが、私はここへ、犬養孝先生のご本など携えて訪れたことがある。象《きさ》の小川の奥の、木《こ》暗いあたりに、桜木社がある。まさにこの、木の枝がさし交して日の光も洩らぬあたりで、私は鳥の声をきき、「み吉野の、象山の木ぬれの、鳥の声を聞いた！」と実感した。赤人は宮廷歌人らしく、宮を讃美し、天皇の御代をことおぐところは人麻呂を踏襲しているが、自然の美をうたう声は、はや、赤人の地声である。赤人は、人麻呂のようにおのが情感を色えのぐで、ぼってりと自然を塗りこめたりせず、自然の色彩をそのままにとどめる。それをうたう地声は澄んで透明である。

〈夜はふけてゆく。ふけゆく夜の静けさのなか、ひさぎの生い繁る清らかな川原で、千鳥がしきりに鳴いている〉

　久木は、一説にはあかめがしわといわれるが、「清き川原」という詩句が私は好きである。ぬばたまは夜の枕ことば、というのは学生時代にみな習うことである。ヒオウギの実の黒いことから、黒や暗さや夜の枕ことばになった。

ぬばたまのごとく黒一色の夜、その夜と清き川原とをむすびつけたのは、赤人の詩情である。

　夜の闇も、夜の静けさも、夜気の寒さも、赤人を得て、清らかなものにきわまった。汚辱でまがまがしく不吉なものを秘めた闇が、ここでは清らかなものに化した。川の流れの透徹な清さと競うように、闇は清浄なものにたかめられた。

　その天地のあわいを、黄金のような千鳥の鳴き声が縫うのである。――昔からたくさんの人々に愛された名歌である。

もう一つ、人口に膾炙《かいしゃ》した赤人の、たのしい歌をつづけよう。

若の浦に潮満ちくれば潟《かた》を無《な》み葦《あし》辺《べ》をさして鶴《たづ》鳴き渡る

山部赤人（巻六・九一九）

吉野行幸の前年、神亀元年（七二四）冬十月、紀の国へ聖武帝は行幸する。

〈若の浦に潮が満ちてきた。ひたひたと波は干《ひ》潟《がた》を満たし、やがてまんまんたる海となってしまう。干潟がなくなったので、そこにあさりしていた鶴は、葦の生えている岸辺をさして、鳴きながら飛んでゆく〉

近景に満ちてくる汐、遠景に岸辺の葦、そして画面をななめに翔んでゆくのは鶴のむれ。

ひたひたという波音と、鳴きわたる鶴の声。

赤人の澄んだ心の乾板に、海辺の風景は単彩ではっきりとうつしとられる。

そして私たち日本人の心に焼きつけられてそれは消えない。

紀州の和歌の浦という地名は、象徴的な民族のふるさとの一つとなった。

　川風の寒き泊瀬《はつせ》を嘆きつつ君があるくに似る人も逢へや

　　　　　　　　　　　　　　山前王《やまくまのおおきみ》（巻三・四二五）

　この歌は石田王《いわたのおおきみ》の亡くなったとき、山前王が悲しんで作ったといわれるが、また原典の左注には、「紀皇女《きのひめみこ》、薨《かむあが》りまし後、山前王の、石田王に代わりて作る」ともある。もしそうならば、石田王は紀皇女の夫だったのであろうか。
〈川風の寒い泊瀬の道を、石田王は逝った女《ひと》を思い嘆きつつ、うつろに歩きまわる。しかしいくら歩いても、かの紀皇女に似た女《ひと》にさえ、逢うことはないのだ〉

　泊瀬は古代の葬送の地だった。

　ところで、この紀皇女はロマンスの多い天武帝の子女のうちでも、出色の人である。

　さきに出た、穂積皇子の同母妹で、皇子は但馬皇女との悲恋で有名な人。この兄妹は情熱家で詩人肌で、それに容姿にも恵まれていたのではなかろうか。紀皇女はさぞ魅力的な女性だったろうと思われるのは、『万葉集』のうちでも有数の歌人、弓削皇《ゆげのみ》子《こ》に、すばらしい恋歌を贈られているのだ。この皇女の兄の穂積も、人妻だった但馬に恋いこがれていたが、紀皇女も夫がありながら、弓削を恋人に持っていたらしい。

「弓削皇子、紀皇女を思《しの》ふ御歌《みうた》四首」が巻二にある。そのうちの私のことに好きなものの一つ、

「大船《おほぶね》の泊《は》つる泊《とま》りのたゆたひに物思《も》ひ痩せぬ人の児《こ》ゆゑに」（巻二・一二二）

――港に碇泊する大船はたえず波に揺られ、定まりなくたゆとう。そのように私の心もまた、揺らぎよろめいておちつかず、物思いに痩せてしまった。あなたを思うて……。そのあなたは、人のものなのに。

　こんな美しい歌を贈られるとは、なんという女の幸せであろうか、もっとも恋に物思い痩せることは幸せだったかどうか、人の世の葛藤をまねき、愛憎に心身をすりへらす苦しみを負うことでもあろうから。

　紀皇女自身の歌が巻三にある。

「軽《かる》の池の汭廻《うらみ》行き廻《み》る鴨すらに玉藻のうへにひとり宿《ね》なくに」（巻三・三九〇）

――軽の池の入江のかげをめぐる鴨でさえ、玉藻の上にひとりで寝ることはない。仲よさげにつがいで水に泛《うか》んでいるわ。でも私はひとり寝をしているのよ……。

『万葉』では「玉藻」は女の黒髪の譬喩《ひゆ》であることが多い。ここでも歌の背景に皇女の黒髪がちらちらして、その誘うような口吻が艶麗である。

実際のところ、この美しき紀皇女の生涯や生没年はわからない。それは但馬皇女と同じである。しかし『万葉集』にとどめられたほんの数首のうたで、彼女らの人生が暗示される。紀皇女は歌才あるプリンスに恋歌を捧げられ、夫にその死を深く悼まれて逝った。その夫の嘆きを見た人の歌が「川風の寒き泊瀬を嘆きつつ君があるくに似る人も逢へや」であった。

わが背子《せこ》に見せむと思ひし梅の花それとも見えず雪の降れれば

山部赤人（巻八・一四二六）

これは先のすみれの歌とともに、四首で組みになっている。春の宴会の歌であろうか、すみれ、桜、梅、春菜とよまれている。わが背子、は女から男や兄弟をよぶ言葉であるから、赤人が女の立場に立ってつくった歌だろう。
〈あなたに見せようと思った梅の花は、どれが梅だともわからなくなってしまいました。折悪しく雪がほどろに降っていますので……〉

この巻八は、のちの世の歌集がお手本とした、春夏秋冬の四季に分けて分類している。

「石走《いはばし》る垂水の上のさわらびの……」の、志貴皇子の歌が冒頭にある巻で、この春の部にうたわれた花々は、ほかに、馬酔木《あしび》、青柳、山吹、茅花《つばな》、合歓木《ねぶ》などである。万葉びとは桜より梅を愛したらしく、全集で梅の歌は桜のそれより三倍も多い。

この赤人の歌でも知られるように、梅はすべて白梅だったようである。

『萬葉の花』（松田修著、芸艸堂）によれば、梅は中国渡来のもので、このころに渡ってきたとおぼしく、そうであれば知識人たちが愛し、賞玩《しょうがん》したのももっともである。何しろ中国の文物はすべてハイカラに、すばらしく思えていた頃であろうから。

それはともかく、満目荒涼《まんもくこうりょう》とした冬、まだ草々の角《つの》ぐむさまもみえぬ寒さのうちに、蕾《つぼみ》がしだいにふくらむ梅は、「春がきた！」という喜びの使者である。雪の中で咲くつよい花のすがたに、万葉びとは心を動かされたのかもしれない。

ついでに赤人の、桜の歌もあげておこう。

「あしひきの山桜花日並《ひなら》べてかく咲きたらばいたく恋ひめやも」（巻八・一四二五）

――山の桜が何日も何日もつづいて、こんなに美しく咲いているならば、こうも恋しく心奪われはしないのだが……桜の満開のときは短い。それゆえに、花ざかりのときの美しさに茫然となるのだ。

梅の花をつづけてみる。

わが園《その》に梅の花散るひさかたの天《あめ》より雪の流れ来るかも

大伴旅人（巻五・八二二）

天平二年（七三〇）正月十三日、九州、太宰府の長官、大伴旅人の宅で梅花の宴が催された。この宴に招かれたのは太宰府の官人や管内遠国の出張役人、また旅人の知人などであったらしい。梅をテーマに歌を詠み、それを蒐《あつ》めて書きとどめ、漢文の序をつけて体裁をととのえている。あるじも入れて三十二人、三十二首、文芸趣味のある役人ばかりあつめたのか、それとも相当程度の文学教養は当時の官人がみなそなえていたのか。あるいは前の歌をうけ、あるいは転調して新しい展開をみせつつ、まるで歌仙を巻くような座の気分である。

この地で二年前に妻を亡くした六十六歳の旅人にとっては、傷心を忘れる風雅のいっときであったろう。漢文は大げさな修飾語が多いけれども、その序にある、「淡然《たんぜん》自《みづか》ら放《ゆる》し、快然自ら足る」というのは真実の感懐だったかもしれない。

さてその席で、宴のあるじたる旅人が詠んだのが、これ。

〈わが家の庭に梅の花が散りまがう。その白い花びらは、天から流れくる雪であろうかと思われるばかりに〉

　一月の宴に、梅の散るのはいささか早い、「幻想」であろうかという注釈は『新潮日本古典集成』。旅人の心の中では白梅が散っていたのであろう。

　この宴の顔ぶれは、いつも通りの、——というか、山上憶良や小野老《おののおゆ》らであるが、それぞれちゃんと姓名を明記されている。山上憶良の歌。

「春さればまづ咲くやどの梅の花ひとり見つつや春日《はるひ》暮らさむ」（巻五・八一八）

——春がおとずれると、まっ先に咲く園の梅、この花をひとりながめつつ、春の日を過すのだろうか。

　憶良の歌は、老いて妻をうしなった旅人への、それとはない慰めであろうか。旅人の身になってつくった口吻がある。座がちょっとしめっぽくなったせいであろうか。

「梅の花今さかりなり思ふどちかざしにしてな今さかりなり」（巻五・八二〇）

と明るく弾んだのは筑後守、葛井連大成《ふじいのむらじおおなり》。

　それを受けて、

「梅の花咲きたる園の青柳をかづらにしつつ遊び暮らさな」（巻五・八二五）

と、これは身分低き役人の土師宿禰《はにしのすくね》百村《ももむら》。

まことに筑紫歌壇の花ざかりである。

さて、三十二首の梅花の歌をよみ終え、その員数外の歌として二首がとどめられたほか、別に、四首が追和《ついわ》されている。

この作者は記されていないのでわからない。

あるいは旅人ともいい、憶良ともいい、坂上郎女ともいい、まだ定説はないようだ。

その四首目の歌が「百首選」に入っている。


梅の花夢《いめ》に語らく風流《みや》びたる花と我《あれ》思《も》ふ酒に浮《うか》べこそ

読み人知らず（巻五・八五二）

この歌を坂上郎女とする説は魅力的だ。いかにも、才女の郎女のよみそうなテーマだから……。

〈梅の花が夢で私に語った。――『私は風雅な花だというプライドをもっています。どうか酒杯に浮かべて下さい。それが私にはぴったりするんです』〉

これは「一に云はく」として、

「いたづらに我《あれ》を散らすな酒に浮べこそ」

とあるという。

この神仙趣味は旅人のようでもあるし、郎女ならもっと流暢なよみぶりを示すかもしれない。

百済野《くだらの》の萩の古枝《ふるえ》に春待つと居《を》りしうぐひす鳴きにけむかも

山部赤人（巻八・一四三一）

〈百済野の萩の、古い枝で春を待ちあぐんでいたうぐいすは、もう鳴きはじめたであろうか、ほのかに春が訪れたから……〉

この百済は、奈良県北葛城郡広陵《こうりょう》町という。しかし関西には「くだら」という名をもつ場所は多い。堺市にも大阪市にもある。『日本地名大辞典』（角川書店）では「百済野」を大阪市天王寺区と比定して、例歌に赤人のこの歌をあげている。私も、「萩の古枝に春待つ」うぐいすのいるのは、「難波田舎」といわれて、奈良の京《みやこ》から遠く離れた野が、ふさわしいような気がする。赤人らしい、なだらかなやさしい調べである。——それにしても……いまなお、「くだら」などという町名がのこる古い土地に生き、「万葉」を読み継ぐ面白さ、めでたさ。長い歴史も一瞬のことに思われる。

伝承のうた

巨勢《こせ》山《やま》のつらつら椿つらつらに見つつ偲《しの》はな巨勢の春野を

坂門人足《さかとのひとたり》（巻一・五四）

なんとも口調のいい、楽しい歌で、『万葉集』中でも多くの人々に愛される歌。

さながら、のどかな童謡のようではないか。

竹久夢二に、たしか、花咲く椿の木のもとで子供たちが手をつないで遊んでいる絵があったとおぼえている。あの濃緑で肉厚の、油照りした葉に負けぬように、量感のある真紅の椿の花。あの花がぽたぽたといっぱい咲いているさまは、さながらお伽《とぎ》話《ばなし》の世界である。

しかもその椿が満目つらなっていちめんに咲きつづいていたとしたら、どうであろう。

夢かうつつか、と思うのではあるまいか。

この五四番の歌の、原歌ではないかといわれるのが、五六番にある。

「川の上《へ》のつらつら椿つらつらに見れども飽かず巨勢の春野は」春日蔵首老《かすがのくらびとおゆ》

川のほとりにいちめん咲き連なる椿の花よ。全く、つらつら見ても飽きないなあ、この巨勢の春野の美しさはどうだ……。

この「つらつら椿」の歌は、当時の人々の人口に膾炙《かいしゃ》したのではなかろうか。ひょっとすると、いまの流行歌のように、酒宴で歌い囃《はや》されたり、労働の場で歌い継がれていって、「巨勢の椿」は有名だったのかもしれない。巨勢谷は大和から紀の国へいく古代の交通路、残念ながら私はまだ訪ねたことがなく、犬養孝先生のご本で想像するばかりである。いまの近鉄「吉野口」駅の南北の谷で、「いまもこの谷には、ヤブツバキ、タマツバキの自生が多い」（『万葉十二ヵ月』犬養孝著、新潮文庫）よしである。

大宝《だいほう》元年（七〇一）九月（現代の太陽暦でいえば十月下旬である）文武天皇は、祖母の持統帝とともに紀の国へ行幸する。そのときに供奉《ぐぶ》した坂門人足は、巨勢の谷へかかって、椿の樹々に目をとめる。つぼみをつけているが、むろん花はまだ咲いていない。いまは秋である。

〈これがあの、巨勢山のつらつら椿か……なるほど、このつぼみがいっせいに開いて、樹樹が点々と赤い花で飾られるようになったら、どんなに美しいことだろう。巨勢の春野の美しさが思われるではないか。いまは秋だが、つらつら椿をつらつらと見て、春の美しさをしのぼうよ〉

――「古代は、歌はもともと共有財産ですから、他人がよい言葉を使えば、自分も後で使おうと覚えている」（『万葉のいぶき』犬養孝著、新潮文庫）。人足《ひとたり》は老《おゆ》の「つらつら椿つらつらに」というしらべの流麗に心酔していたのであろう、「見つつ偲はな巨勢の春野を」とあこがれこめてうたう。現実に見る春よりも、心に思い描く春はいっそう繚乱の美しさであったことだろう。

椿、という花の名が出たからついでに、『万葉集』で有名な椿に関するうたをあげておきたくなった。

「海石榴《つば》市《いち》の八十《やそ》の衢《ちまた》に立ち平《なら》し結びし紐を解《と》かまく惜しも」読み人知らず（巻十二・二九五一）

椿は、『万葉集』では「海石榴」とも書く。この「つばいち」は椿の木が植えられていた市《いち》であろう。その市では歌垣がおこなわれた。この「つばいち」はいまの奈良県桜井市の金屋《かなや》のあたりという。古代ではここの歌垣は有名であったらしく、『日本書紀』にもここで武烈天皇と平群臣鮪《へぐりのおみしび》と、二人の男が、一人の女・影媛《かげひめ》を歌で争った場所として出てくる。

さて、この歌垣というのがいかにも楽しそうな感じであるが、『風土記』や『古事記』などでみると、歌垣の祖型は農漁村の行事であったらしい。『常陸国風土記』には有名な筑波山の歌垣が出てくる。村里の男や女が、毎年、春と秋には相携えて、酒や食べものを持って山へ集まり、歌い舞い、あるいは交歓し「たのしび遊ぶ」という。その習俗が町にも及び、群衆の立ちまじる市《いち》での歌垣になったのであろうか。男は女に対して歌で求愛し、女も歌で答える。群衆はそれを囃《はや》し興じたりしたであろう。

つばいちの歌は、それらの一つだったにちがいない。——海石榴市のいくつもに分れたあの道の辻で、私たちは地を踏みならして踊り狂ったっけ、その歓楽の夜、「好きだよ」「あたしもよ」とお互いに衣《きぬ》の下紐を結び合った。それはお互いの愛のあかし。その紐を、よその男のために解くなんて、いやなこったわ。

いうなら、そんな気分の歌であろうか。民謡風の歌である。

もう一首、海石榴市の歌を。

「紫は灰指《さ》すものぞ海石榴市の八十《やそ》の衢《ちまた》に逢へる子や誰れ」読み人知らず（巻十二・三一〇一）

つばいちの広場、あの八方に分れた歌垣の辻で出逢ったあんた、どこの子だね。なんていう名だね。――そんな意味だろうか、「紫は灰指すものぞ」は古代の染色技術を示唆している。紫に染めるには、紫草の根を搾《しぼ》って、その汁に灰を加える。その灰は椿の木を焼いた灰を用いるがよろしいという。

「紫は灰指すものぞ」は「つばいち」の椿をみちびき出す序詞である。

椿の木にかこまれた歌垣の広場で、乙女たちは椿の花を髪に挿して、男たちの歌にこたえたのだろうか。

春霞流るるなへに青柳《あをやぎ》の枝《えだ》くひ持ちてうぐひす鳴くも

読み人知らず（巻十・一八二一）

〈春がすみがたなびき流れるのどかな春げしき。青柳の枝をくわえて鶯が鳴く〉

なへに、は、折しもとか、それとともに、というような意味であるが、こういう絵のように技巧的な歌は、中国の詩の影響だという。

「霞」といえば、たなびく、またはたつ、という表現が、従来の歌の例であったが、この作者が「流れる」としたのは、中国の詩の「流霞」から採《と》ったものか、という。流霞も青柳も花銜鳥《はなくいどり》も、中国趣味の道具立てで、いまでいえば、欧米の思想やファッションに親昵《しんじつ》するようなものであろうか。この「花銜鳥」は東大寺の刀剣文様などにも見られるが、花の枝をくわえて飛ぶ鳥という図柄は、奈良から王朝時代の人々に愛されたらしい。『源氏物語』の「胡蝶」の巻にも、六條邸の春の豪奢《ごうしゃ》な宴に出てくる。池に浮ぶ龍頭鷁首《りょうとうげきしゅ》の船には美しく若き女房たちが乗っている、池のみぎわには桜が咲きつづき、山吹が池に影をうつす。そして、「水鳥どもの、つがひを離れず遊びつつ、細き枝どもを食《く》ひて飛びちがふ」とある。

花の枝をくわえて飛びちがう鳥は、春の花やぎの象徴とも思われたのであろうか。

茅花《つばな》抜く浅茅《あさぢ》が原のつぼすみれ今盛りなりわが恋ふらくは

大伴《おおとも》の田村《たむら》の家《いえ》の大嬢《おおいらつめ》（巻八・一四四九）

〈ツバナが食べられる春がやってきたわ。その茅花がつづく浅茅が原に、可憐なつぼすみれが咲いて、いままっさかり。——そのように、あなたを恋しく思う気持で、私

は胸がいっぱいなの〉

　これは女から男への恋歌ではない。美しき姉妹《おとどい》の情愛にふさわしい、ツバナやつぼすみれといった素朴でやさしい草花がうたわれている。

　この歌のことば書きには、「大伴の田村の家の大嬢、妹・坂上《さかのうへの》大嬢に与ふる歌」とある。

　田村大嬢と坂上大嬢は異母姉妹で、ともに大伴宿奈麻呂の娘たちであった。宿奈麻呂の家は田村の里にあった。田村大嬢は、そこで生まれ育ったから、そう呼ばれたのであろう。

　坂上大嬢の母は、今までにもたびたび出た才女の坂上郎女である。彼女は坂上（春日とも佐保の西ともいい、まだ所ははっきりしない）に家があったので、一族から坂上郎女とよばれていた。彼女の娘が坂上大嬢とよばれたのだった。

　異母姉妹は離れて育つことが多いので疎《うと》くなるものであるが、田村大嬢と坂上大嬢はたいそう仲がよかったようだ。巻四にも田村は坂上に歌を贈っているが、その左註に、

「時に姉妹、諮問《とぶら》ふに歌をもちて贈答す」

とある。仲よしの情を歌で表現すると、さながら恋歌のようなていさいをとる。田

村も坂上も、大伴一族の女性らしく歌才があった。才たけて美しい少女同士、互いにあこがれを抱き合っていたのかもしれない。のちに坂上大嬢は、家持の正妻となるが、まだほんものの恋にめぐりあっていないころ、姉妹は仲のいい相手に擬似恋愛をしていたのかもしれない。

とまれ、このつぼすみれの歌、綺麗な便箋に紫のインクでしたためられたようなあどけなさがあるではないか。

安積香山《あさかやま》影さへ見ゆる山の井の浅き心をわが思はなくに

読み人知らず（巻十六・三八〇七）

この巻十六は面白い巻で、一風かわった歌ばかり集められているので有名である。歌物語の濫觴《らんしょう》となった伝誦歌や、おどけ歌、物名のよみこみ歌、個人的中傷の歌、民謡とさながらとりどりの短篇小説を読むようである。古代の民衆のいぶきが直接的に感じられる巻。

巻に部立はなく、「由縁《ゆゑよし》有《あ》る雑歌」となっている。

この「あさか山」の歌は後代ながくもてはやされ、歌ものがたりの一つの典型となった。少なくとも、歌を詠もうとする人、物語に親しもうとする人は、必ず知っているべき、いわば「歌のいろは」といったほどの位置に据えられた。

〈あさか山の、その山の姿を映す山の井。その井のように浅い心で、あなたを思っているのではないのですよ――〉

安積香山はみちのくの歌まくらとなったが、この歌はいわゆる「難波津《なにわづ》の歌」、

――「難波津に咲くやこの花冬ごもり　今は春べと咲くやこの花」の歌とともに、

「歌の父母《ちちはは》のやうにてぞ、手習ふ人の初めにもしける」

と『古今《こきん》集』の仮名序にある。

この「安積香山」の歌には註があって、言い伝えが紹介されている。

昔、葛城王《かずらきのおおきみ》が、陸奥《むつ》の国に遣わされたとき、国司の接待が疎略であった。王は不愉快に思い、怒りの色を隠すことができなかった。もてなしの酒食を用意したが、宴を楽しもうとしない。そこにたまたま、前身は采女《うねめ》であった女性がいた。采女というのは諸国から徴されて都へ上り、宮廷の女官となった婦人である。ことに容姿の美しい女性がえらばれる。彼女らは都ぶりの教養と風雅を身につけ、のちに郷土へ還るとその地方に文化をひろめた。安積香にも、そういう、もと采女がいたのであった。彼女は心とけぬ貴人をもてなすのに、都ぶりの風流を以てした。すなわち、左手に盃を

捧げ、右手には酒を入れた瓶を持って、その瓶で王の膝を打ちつつ、この歌をうたったという。

王の怒りは溶け、喜び楽しんで終日酒宴に興じたという。「力をも入れずして天地《あめつち》を動かし、目に見えぬ鬼神をもあはれと思はせ、男女の中をもやはらげ、猛《たけ》きもののふの心をも慰むるは歌なり」と『古今』の序にいう通りである。

葛飾《かつしか》の真間《まま》の入江にうちなびく玉藻刈りけむ手児名《てごな》し思ほゆ

山部赤人（巻三・四三三）

この節では「百首選」のうちの伝承のうた、というような作品を採りあげてみたのだが、この真間の手児名も伝説の乙女である。高橋虫麻呂《むしまろ》も、真間の手児奈の長歌と反歌を残しているし（巻九・一八〇七～八）、巻十四の東歌、下総国の歌にもある。当時、誰もが知っているお話であったらしい。

手児名は麻衣に身をつつみ、髪もくしけずらず、はきものもない鄙《ひな》の乙女であったが、輝くばかりの美少女で、見る人の心を悩ませたという。男たちは争って妻問いしたが、手児名はどの男ともきめかねたのか、入江に身投げして死んだという。人々に惜しみいたまれてそれはついに伝説となった。歳月を経て手児名はいよいよ美化されていった。

〈葛飾（江戸川下流沿岸のあたり）の真間の入江で、昔、手児名は玉藻を刈ったこともあったろう、その面影がしのばれることよ〉

家にあれば笥《け》に盛る飯《いひ》を草枕旅にしあれば椎《しひ》の葉に盛る

有間《ありまの》皇子《みこ》（巻二・一四二）

斉明天皇の四年（六五八）十一月、有間皇子は謀反の容疑で捕えられ、紀州の温泉に滞在中の中大兄《なかのおおえの》皇子のもとへ送られる。有間皇子の父は孝徳天皇だった。都は難波にあったが、政治の実権は中大兄皇子が握っており、天皇は飾りものにすぎなかった。中大兄は都を飛鳥へ移そうとする。天皇は肯《がえ》んじない。その意向を物ともせず、中大兄は母の上皇はじめ、百官を引き連れ、難波の都を捨てる。皇后さえ、天皇を捨てて去っていった。孝徳天皇は悲憤のうちに崩じた。

有間皇子は父帝の無残な死を忘れられなかった。

しかし皇子の政治的位置は微妙だった。中大兄は自身の権力のゆく手を阻む者は容赦しない、冷血な男である。先帝の皇子という立場の人間はどんなことで争乱の象徴になるかしれないのだ。抹殺《まっさつ》粛清《しゅくせい》して後の禍根を断つ、というのが、中大兄のやりくちだった。

蘇我赤兄《そがのあかえ》がひそかに皇子に近づき、謀反をそそのかす。まだうら若い十九歳の皇子はその罠にはまってしまう。赤兄はたちまち皇子を謀反の罪人として捕え、紀州へ送る。

皇子は牟婁《むろ》の湯（白浜の温泉）を望む岩代《いわしろ》の地に着いた。牟婁の湯には中大兄皇子や斉明女帝が滞在している。中大兄の仮借《かしゃく》ない訊問が待っていよう。この身は無事にもどれるかどうか。身の安全無事を祈るため、人は松の枝を結ぶという習わしがある。皇子もそうした。

「岩代《いはしろ》の浜松が枝《え》を引き結びま幸《さき》くあらばまた帰り見む」（巻二・一四一）

もし幸いにつつがなく戻ることができたら再び、この松を見ることもあろう。

無事を神に祈るには、飯を供えなければならない。

〈家にいればきちんとした器に盛ってお供えするのであるが、いまは旅の身、椎の葉に盛って神に手向けることだ〉

――この歌は昔、自分が食べるために草の葉に盛ると解釈されていたが（いまもそう書いてある註釈書がある）、ことば書きには、

「有間皇子、自《みづか》ら傷《いた》みて松が枝《え》を結ぶ歌二首」

とあり、神への手向けとみるほうが自然であろう。椎の葉は小さいから食膳の代わりにはならないだろうし……。

中大兄はみずから有間皇子を訊問し、〈なぜ謀反を起そうとした〉と責める。

〈それは天と赤兄《あかえ》が知っているだろう。おれは知らぬ〉

と皇子はいい放ったと『日本書紀』にある。皇子は藤白《ふじしろ》の坂で殺された。この悲劇の皇子は、古来から人々の同情を呼び、大津皇子や大友皇子らとともに愛惜されてきた。さながらラシーヌの悲劇『ブリタニキュス』を見るようである。「萬葉百首選」をえらんだ人々の心には、皇子の悲運への思い入れがあったのであろう。

東《ひむがし》の滝《たぎ》の御門《みかど》に侍《さもら》へど昨日も今日も召すこともなし

読み人知らず（巻二・一八四）

これは草壁皇子の薨《こう》じたとき、舎人《とねり》らが捧げた挽歌のひとつである。『万葉集』の中でもことに名高い挽歌は、この皇子に捧げられた作品で、柿本人麻呂のそれも巻二にある。天武帝亡きあと持統女帝が次代の帝王と恃《たの》んだ、唯一人の皇子であった。二十八の若さで世を去る。荘重な葬列は、皇子の屍を守って陵墓の地たる真弓の岡へ、粛々と進む。皇子に仕えてきた舎人たちは衝撃と悲しみに沈む。

「天地《あめつち》とともに終へむと思ひつつ仕へまつりし心違《たが》ひぬ」（巻二・一七六）

「朝日照る佐田《さた》の岡辺に群れ居つつわが泣く涙やむ時もなし」（巻二・一七七）

舎人たちは惑乱し悲しみ歌う。島の宮はありし日の皇子が住んだ、林泉の美に恵まれた宮殿であった。いまの石舞台古墳のあたりだったらしい。しかしもはや主はいない。

〈東の門――川の水を邸内に引き入れ、滝のように落ちている、その門のあたりに自分はいつものようにかしこまって待っているが、もはや昨日も今日もお召しになるお言葉は聞かれない〉

この歌、舎人たちの作中、もっとも具体的な、真率な悲しみにあふれている。

さて一転してさわやかな風光の歌を。

廬原《いほはら》の清見《きよみ》の崎の三保《みほ》の浦のゆたけき見つつ物思《も》ひもなし

田口益人《たのくちのますひと》（巻三・二九六）

「萬葉百首選」を選んだ人たちは、よほど田口益人が気に入ったとみえて、二首とも入っている。

先に「昼見れど飽かぬ田子の浦大君の命畏《みことかしこ》み夜見つるかも」（巻三・二九七）というのをあげた作者である。

この清見の崎の歌も同じく、益人が上野国《かみつけのくに》（群馬県）の国守として赴任してゆく途中、「駿河の清見の崎に至りて作る」ところのもの。

〈廬原《いおはら》の清見の崎の三保の浦、そのひろびろとした海辺の景色のゆたかなさまはどうだ。いや、これはまあ……わが胸もはればれとするようだ〉

奈良びとの目には嘆声の出る眺めであったにちがいない。

天霧《あまぎ》らひ日方《ひかた》吹くらし水茎《みづくき》の岡の水門《みなと》に波立ちわたる

読み人知らず（巻七・一二三一）

巻七には旅の歌が多い。なかんずく舟旅の歌も多く、波の高さ、風の早さ、海の難所に旅人は肝をひやし、神に祈る。

日方は日の方から吹く風で、東南風のこと（あるいは西南の風ともいい、定説はない）。

〈空が曇ってきた。東南の風が吹いてきたらしい、岡の港には波が立ちさわいでいる〉

この「岡の水門」は福岡県遠賀《おんが》郡の、遠賀川河口である。良港だったそうである。歌は不安感にみちているが、しらべは美しい。

「水茎」は「岡」の枕ことばである。

落ち激《たぎ》ち流るる水の岩に触れ淀める淀に月の影見ゆ

読み人知らず（巻九・一七一四）

「吉野の離宮《とつみや》に幸《いでま》す時の歌二首」のうちの一首。これは養老七年（七二三）五月の元正天皇の行幸であろうか。

〈滝のように烈しくたぎり落ちる水が岩に当って堰《せ》かれ淀んでいる、その淀みに月影が浮んでみえる〉

ほとばしる水勢に眼を奪われ、我々はしぶきに濡れる岩に視線をうつす。と、その岩かげに淀むきよらかな水面。そこは岩にさえぎられ、たぎりおちる飛沫も及ばず、月が浮んでいる。――烈しさと静けさをなだらかに移行させ、おもしろい歌である。

東歌と水路――旅によせて

信濃《しなの》道《ぢ》は今の墾道《はりみち》刈株《かりばね》に足踏ましなむ履《くつ》着《は》けわが背《せ》

読み人知らず（巻十四・三三九九）

巻十四は「東歌」を集めてあって、東国の名もなき民衆の歌むらが面白く、この巻のファンも多い。

すでにとりあげた、「にほ鳥の葛飾早稲をにへすともその愛《かな》しきを外《と》に立てめやも」（巻十四・三三八六）「多摩川にさらす手づくりさらさらに何《なに》ぞこの児《こ》のここだ愛《かな》しき」（巻十四・三三七三）なども、この巻に収められている。読み人知らずというのも、こんな歌の性質上、誰からともなく風のわたるように民衆のあいだを吹きぬけ、愛誦された民謡だったのではなかろうか。地方農民のくらしがいきいきと目の前に現出するような、迫力と野趣にみちている。

この歌は「信濃国《しなののくに》の歌」とある四首の中の一首。

〈信濃路は新しく開道したばかりの道よ。切株がごろごろしているわ。はだしでゆけばきっと切株をふむでしょう。あなた、履《くつ》をおはきなさいね〉

和銅六年（七一三）七月に、美濃・信濃に吉蘇路《きそじ》が通じた。十二年かかって通じた路だった。「今の墾道《はりみち》」と歌われているので、この歌は製作年代が分明である。それにしても古代の庶民、殊に貧しい東国でははだしが普通で、藁靴《わらぐつ》さえ、はかなんだのであろう。ここには親愛をこめたからかいもある。

信濃なる筑摩《ちぐま》の川の細石《さざれし》も君し踏みてば玉と拾はむ

読み人知らず（巻十四・三四〇〇）

〈信濃の筑摩川の小石よ。水際の小石よ。あなたが踏めばそれは石ではないのです。珠となるのです。わたしはその珠を拾い、胸に抱くでしょう。あなたの足が踏んだと

思えば〉

しらべもなだらかで、ローカルカラーはありながら、語句は洗練されている。

——「君し踏みてば玉と拾はむ」——どうしてこういう詩が古代びとの唇から、いともやすやすとこぼれおちるのか。その言葉こそ、片言隻句《へんげんせっく》、珠ではないか。

それにしても、恋のたたずまいの、古今かわらないこと。あのひとが触れた、あのひとが踏んだというだけで、ただの草木や石ころがたちまちまばゆく輝き、清浄なものに変じてゆく感動は、現代の恋する人々もたしかに思いあたること。

こんなに簡潔で美しい恋のうたは、民族のすてきな遺産として、男の子にも女の子にもおぼえさせてやりたい。暗誦させ、魂の底の珠としてしたたり落させてやりたい。

稲舂《つ》けば皹《かか》る吾《あ》が手を今夜《こよひ》もか殿《との》の若子《わくご》が取りて嘆かむ

読み人知らず（巻十四・三四五九）

東歌の中でももっとも世評たかい歌である。「皹る」はアカギレの切れることである。「殿の若子」はお館の若さま、斎藤茂吉『万葉秀歌』によれば「地方の国守とか郡守とか豪族とかいう家柄の若君をいう」とある。

東国の娘たちは来る日も来る日もよく働く。

この女たちは、お館に蓄えられている奴婢《ぬひ》たちであろう。自分の田畑を耕している良民（自由民）ではなく、農奴たちにちがいない。

そういう女たちが何十人も、稲を舂《つ》きながら、労働歌として歌ったのだろう。汗と哄笑と嬌声《きょうせい》が歌の背後にある。

〈稲を舂くと、ほら、こんなに手が荒れてさ、アカギレだらけだわ。――だけど、この手をね、夜になるとお館の若さまがお取りになって「可哀そうに」――なんておっしゃるのさ〉

古代の土の匂いがするようではないか。一篇のドラマのようである。農奴の女たちを、「殿の若子」が性的玩弄視《がんろうし》していると憤りを発することはない。女たちも「若子」もそれなりの青春を燃焼させ、生を充実させているのであって、女たちは性的悦楽をむしろ誇示する。自由民でさえ烈しい労働と酷税に喘ぐ東国に、農奴はいっそう展望のない苦しい人生である。

しかし彼ら彼女らは、奔放でオープンな性に情熱をそそぐことで重圧をはねのけ、生きる歓びをうたおうとする。

大君の命《みこと》畏《かしこ》み磯に触《ふ》り海原《うのはら》渡る父母を置きて

丈部造《はせつかべのみやつこ》　人麿《ひとまろ》（巻二十・四三二八）

　戦時中の日本では、いたくもてはやされた歌であった。

〈大君のご命令をつつしみかしこんで、自分は磯をゆき海原を渡り、筑紫の守りにと旅立ってゆく。なつかしの父母をあとへのこして〉

この作者はまだ年若い壮丁《そうてい》であろうか。妻もないのか、父母のことのみ心にかけている。


　東国から徴発された防人は難波にあつまり、そこから船に乗せられる。任期は三年であるが、便りをすることも面会もかなわぬ古代の三年は長い。働き手を奪われた家に、老いた父母はつつがなくいてくれるであろうかと、青年は眉を曇らせる。それはそのまま、戦時下の日本で、兵士として駆り立てられる青年たちの思いであった。

多祜《たこ》の浦の底さへにほふ藤波を挿頭《かざ》して行かむ見ぬ人のため

内蔵忌寸縄麿《くらのいみきなわまろ》（巻十九・四二〇〇）

天平勝宝二年（七五〇）四月十二日、越中守として赴任中の大伴家持は、その日、布勢《ふせ》の湖（いまの氷見市にあった湖水）に遊覧し、多祜の浦で船を泊めて藤の花を見、それぞれ歌をつくった。この巻はもっとも家持の手記風で、歌日記のような体裁をなしている。

家持の部下、国庁の役人たちは、家持の薫陶をうけたが、それぞれ歌をよくする。家持もまた、越中在任当時は創作意欲に燃えていた。彼は公務に精励する良吏であった。国内を巡察し、雨が降らぬと心をいためたりしている。都から出て異郷の風物に接した清新な感動は、家持の詩魂をゆすぶらずにいない。越中守赴任は二十七歳のときであった。この天平勝宝二年には三十一歳になっている。詩的エネルギーはたかぶっていた。

この多祜の浦の風光は、家持らの歌に想像するよりない。しかし布勢の湖の景観は家持のお気に入りだったとみえて、都から来た客をもわざわざ案内したりしている。

多祜の浦の岸辺には藤の花が多かったようだ。そして湖はあくまで澄んでいたらしい。初夏の空は水のようであり、水は藤の花の色をうつしとり、そして藤は夏空色に似ていた。

〈多祜の浦の、水が藤か、藤が水か。底まで藤の花が美しく映えている。

さあ、藤の花を折って頭にさして帰ろう。

この藤を、まだ見ぬ人のために〉

まだ見ぬ人たちは、たいして期待はしていなかったのである。判官（三等官）の、久米朝臣広縄《くめのあそんひろのり》もその一人であった。

「いささかに思ひて来《こ》しを多祜の浦に咲ける藤見て一夜経《へ》ぬべし」（巻十九・四二〇一）

——そんなに期待はしていなかったのですが、いや、驚きました。多祜の浦の藤を見ると、あまり美しいので、ここで一夜を過してしまいそうです……。

男たちは興趣のおもむくままに、藤の花を手折って船のあちこちに挿したり葺いたりしたらしい。久米継麿《くめのつぎまろ》はこんな歌をつくった。

「藤波を仮廬《かりほ》に造り浦廻《うらみ》する人とは知らに海人《あま》とか見らむ」（巻十九・四二〇二）

藤の花の小屋をつくって、湾の浦々を賞でめぐる我々。よそ人からみればそんな風流を解するまい。漁師が舟を出しているように思うであろう……継麿はどんな経歴の男か分らないが、いささか得意げなので、こういうみやびたインテリらしい楽しみかたに誇りをもち、自身、優越感も持っているらしい。

家持の歌は、さすがにいちだんと清麗である。

「藤波の影なす海の底清み沈《しづ》著く石をも珠とぞわが見る」（巻十九・四一九九）

藤の花が影を落す湖は、清らかに澄んでいるので、底に沈んでいる石も珠のようにみえる……。彼らは一日、心ゆくまで水と藤を楽しんだのであった。

もう一首、藤の花の歌。

藤波の花は盛りになりにけり奈良の都を思ほすや君

大伴四綱（巻三・三三〇）

前に、小野老《おののおゆ》の歌「あをによし奈良の都は咲く花のにほふがごとく今盛りなり」（巻三・三二八）で紹介したが、ここの藤は九州の藤である。太宰府の長官、大伴旅人《たびと》の家で、宴が開かれていた。

小野老は最近、奈良へ行き、その花やかなさまを見てきたばかりである。咲く花の

匂うが如く、いま栄えている都。その歌はたちまち男たちの望郷の思いを呼びおこす。四綱は老の歌を承《う》けて、

「やすみしし我が大君の敷きませる国の中《うち》には都し思ほゆ」（巻三・三二九）……大君がお治めになる国はたくさんあるが、私は何といってもやっぱり都がいちばんなつかしいですよ。

　そうしてつづけて、あるじの旅人に向って歌いかける。

〈ここ太宰府でも藤の花がまっさかりになりました。長官、あなたも奈良の都のことを恋しく思っていられますか〉

　この四綱は歌も達者なよみぶりだが、快活で機智に富んだ、座持ちのうまい男であったようだ。老の歌をうけ、旅人を引きこんでいる手際が、なかなかあざやかである。

　旅人は奈良もさりながら、年老いれば（旅人の太宰府に在ったのは六十二、三歳から六十六歳ぐらいまでだった）ふるさとの明日香が恋しかった。青少年時代を飛鳥の浄御《きよみ》原《はら》の都に、男ざかりのころは藤原の都にいた。都は転々と移り、いまは奈良が首都であるが、この新しい都はまだ十七、八年の歴史しかない。旅人の夢に出てくるのは古《ふ》りにし里の香久山であった。飛鳥の都から行幸に供奉して見た吉野の象《きさ》の小川であった。

「我が盛りまたをちめやもほとほとに奈良の都を見ずかなりなむ」（巻三・三三一）

「我が命《いのち》も常にあらぬか昔見し象の小川を行きて見むため」（巻三・三三二）
「忘れ草我が紐《ひも》に付《つ》く香具山の古りにし里を忘れむがため」（巻三・三三四）

旅人は天平二年（七三〇）、やっと任果てて帰京する。命あって奈良をまた見られたが、ともにそれを喜ぶべき老妻はすでにない。旅人はその翌年、幼い嫡男に心残しながら六十七歳で死ぬ。家持はまだ十二という幼さだった。叔母の坂上郎女は三十一、二というところだろうか。

「家持のことは私が引き受けましたよ」

と旅人に力強くいって安心させたのかもしれない。

人々のそんな運命を思いつつ、四綱の歌を読むと興趣ふかい。

思ほえず来《き》ましし君を佐保川のかはづ聞かせず帰しつるかも
桉作村主益人《くらつくりのすぐりますひと》（巻六・一〇〇四）

この歌には左註がある。益人は内匠《たくみ》寮の四等官であった。彼はいささかの酒食を準備して長官の佐為王《さいのおおきみ》を供応したが、まだ日も傾かぬうちに王は席を立った。益人は宴の興尽きぬうちに客を帰すのを残念に思ってこの歌をよんだという。
〈思いがけずおいで下さいましたあなたさまですのに、佐保川に啼く河鹿《かじか》の声をお聞かせしないで、お帰し申すとはまことに残念な……〉

もはや河鹿の声もめったに聞けなくなってしまった。昔、私は紀州の山奥のせせらぎで聞いたことがあった。玲瓏、というような声だった。河鹿は夕方にならないと啼《な》かない。

この益人の歌には真情があって、社交辞令とも思えない。「思ほえず来まし君」というのだから、佐為王はふと立ち寄ったのであろうか。腰をすえて宴会をする気ではなかったのであろう。

しかし益人にしてみれば、役所の長官で皇族の一人である佐為王が（橘諸兄《たちばなのもろえ》の弟、兄とともにのち臣籍に下ったが、この頃はまだ王である）立ち寄ったのは家の光栄とも思い、晴れがましくもあったろう。大いに感奮し、歓待したにちがいない。

しかし佐為王には、夜の宴の別口の約束があったのかもしれない。下僚の家で供応されるよりは、もっとくつろいで楽しめる、気心のしれた友人たちとの宴に心惹かれていたのかもしれない。

万葉びともずいぶん宴会好きである。以前に挙げた歌のように、「大夫《ますらを》は友の騒ぎに慰もる心もあらめわれぞ苦しき」（巻十一・二五七二）——男の人は友達同士、飲んで騒いで心のうさもまぎれるじゃないの。私はそんな機会がないから、物思いにくらして苦しいわ……。この歌でみると、男性たちばかりが宴会をするようであるが、女もそれにたちまじっていた。坂上郎女などに至っては、女あるじとして、宴の最初に乾杯の音頭取りのような歌を残している。

「かくしつつ遊び飲みこそ草木すら春は生《お》ひつつ秋は散りゆく」（巻六・九九五）

さあ、皆さん、盃をあげて今宵はたのしく遊んで飲んで下さい。草木でさえ春には生い茂りながら秋には散ってゆくんですからね。

——「こそ」は希求の助詞である。

時によると宴の席には坊さんも連なる、遊行婦《うかれめ》も加わる、高吟する者、楽器を奏で拍子をとるもの、さまざまである。佐為王は享楽的な奈良貴紳のつねで、そういう逸興と奢侈《しゃし》を好んだのかもしれない。

一方、益人はどうもまじめな堅物であったような気がされる。佐為王は堅物の部下の「心こめた」質朴な供応は、ちと、にが手だったのかもしれない。現代の上司とヒラのサラリーマンの関係をあてはめてみるとおかしい。

淡路の野島の崎の浜風に妹《いも》が結びし紐吹きかへす

柿本人麻呂（巻三・二五一）

柿本人麻呂は旅の詩人である。おそらくは官命であちこちと往還したのであろう。瀬戸内海を旅したときの一連の歌群の一つ。

〈淡路の野島の崎に浜風は吹く。風は、私のいとしい妻が「道中ご無事で」と祈りつつ結んでくれた上衣の紐を、吹きひるがえしていく〉

大和盆地を出た旅人は難波から船に乗る。そして淡路島北端の西、野島の崎に寄る。淡路島をめぐる潮流は烈しく、明石海峡のあたりはことに命がけの船旅であったろう。

人麻呂は浜風に妻を思う。苦難の旅を前にして人麻呂は、家を出るとき、下着をとり換えて無事を祈り合った妻のおもかげを胸に浮かべる。古代では妻が夫の着物の紐を結んでやるのは、つつがない帰還を祈念するまじないである。

「荒栲《あらたへ》の藤江《ふぢえ》の浦に鱸《すずき》釣る海人《あま》とか見らむ旅ゆく我を」（巻三・二五二）という歌が、そのあとにつづけてある。――藤江の浦（いまの明石市の西という）ですずきを釣る漁師のように人は思うであろうか、船旅でゆく私を。

船の旅は恐怖や不安と隣り合わせである。手で漕ぐ船が渦潮を乗り切るのは容易なことではなかった。

おそらくこれは人麻呂が九州へ下ったときの作であるにちがいない。このすこしあとに「柿本朝臣人麻呂、筑紫の国に下《くだ》る時に、海道《うみぢ》にして作る歌」（巻三・三〇三の詞書）というのが出てくるので、その道中であろう。

燈火《ともしび》の明石《あかし》大門《おほと》に入らむ日や漕ぎ別れなむ家のあたり見ず

柿本人麻呂（巻三・二五四）

「ともし火」は「あかし」にかかる枕詞である。

〈わが船が明石の海峡に入る日には、いよいよ故郷と別れることになろうか。恋しいわが家のあたり、なつかしの山河をもはや見ることもなく……〉

この歌は強い詠嘆の言葉はなく、むしろ、淡々とうたい上げているのに、測り知れぬ深い思いを伝えるではないか。強いといえば「家のあたり見ず」という、きっぱりしたところだろうが、それも抑制が利《き》いて余韻が深い。

　この歌を秀歌とあげる人も多い。もう一首。

　　名ぐはしき稲見《いなみ》の海の沖つ波千重《ちへ》に隠《かく》りぬ大和島根《やまとしまね》は
　　　　　　　　　　　　柿本人麻呂（巻三・三〇三）

　筑紫に下るときの海路の歌という。稲見は印南《いなみ》、いまの兵庫県高砂市から明石市にかけての平野である。その沖の播磨灘《はりまなだ》を、いなみの海といったのであろう。人麻呂はいなみという地名を賞で、その名をゆかしく思う。国を離れてゆく身には、ものみなすべてなつかしく、吉《よ》きものに思われる。

〈その名も美しき印南の海をすぎゆけば、沖の波が幾重にも立って、その向うの大和の山山はかくれてしまった。……ついに、故郷は見えずになった〉

　生駒・葛城の連山は大和の人々が朝夕に仰ぎ見、したしみ馴れたもの。海から見ればまるで島のように、しるくそびえたっていたが、もはや印南の海までくれば茫々雲煙の彼方にかすんで見えない。

人麻呂は大和を恋しく思う旅人の、うたうべかりし歌を、まさに代弁してうたい上げる。

人々は人麻呂の歌を聞き、それを自分がつくったように身に泌みて感じ、口ずさみ、人に伝え、感動をたしかめ合うのであった。

芸術というものの機能《はたらき》、芸術家というもののありようを、我々は思わずにはいられない。

芸術というものは、万人がたのしむものなのであって、ひとにぎりの真の芸術家が苦心して創造した作品を、われら万人は、尊重して大いに楽しめばよいと思っている。

それでいえば、「萬葉百首」をえらんだ昭和はじめの庶民は、やがてくる日本の暗い運命を予感していたのかもしれない。兵士らが日本を去る日、「昭和の防人」として故郷を離れるとき、日本を遠望して、「……千重に隠りぬ大和島根は」と人麻呂の歌を胸につぶやいた人もあったかもしれない。人麻呂は幸い、九州の旅からつつがなく帰ることができた。彼は狂喜して歌う。

「天《あま》ざかる鄙《ひな》の長道《ながち》ゆ恋ひ来れば明石の門《と》より大和島見ゆ」（巻三・二五五）

田舎からの長い道のり、ひたすら大和を恋いつつやってくれば、おお、明石の海峡からはや、大和の山々がみえた。――昭和二十年、日本は敗れて長い戦いは熄《や》んだ。兵たち民間人たち、男・女・老人・子供、外地にいた人々が引き揚げてきた。「――

大和島見ゆ」の感懐、切なる人々も多かったであろう。

——今回で、「萬葉百首」は読み終えたが、まだたくさんの『万葉集』の珠玉の名作を棄てるには惜しく、いくつかをひきつづき拾ってみたいと思っている。共に楽しんで頂ければ幸いである。

第二章　私の好きな万葉秀歌

言霊のくすしき力

籠《こ》もよ　み籠持ち　掘串《ふくし》もよ　み掘串《ぶくし》持ち　この岳《をか》に　菜摘ます児《こ》
家告《の》らせ　名告《の》らさね　そらみつ　大和の国は　おしなべて
我れこそ居《を》れ　しきなべて　我れこそ居れ　我れこそは　告らめ
家をも名をも

雄略天皇（巻一・一）

この章では短歌だけを採ることにしていたが、この歌はとにかく開巻劈頭《へきとう》を飾る楽しくも大らかな名歌であり、私は昔から好きなので、逸することはできにくい。

『万葉集』の編者が誰であるか、企画者が誰であるかはまだ解明されない謎であるが、少なくともその編纂《へんさん》意図は、開巻第一首、第二首の歌に暗示されているような気がする。

一首めの雄略天皇御製は、妻問いの歌で、収穫の豊饒《ほうじょう》、子孫の繁栄を祈り祝うものの如くであり、二首めの舒明《じょめい》天皇の「大和には　群山《むらやま》あれど　とりよろふ　天《あま》の香具山　登り立ち　国見をすれば……」という「国見」の歌は前の歌を受けて国土の安泰と発展をたたえるものである。代々のすぐれた歌、人の心を動かした名歌を蒐《あつ》めようと思いついたのはどの女帝であったろうか。持統も元明も庇護すべき弱年の皇統継承者を抱えていた。女帝は、古い世の歌、今の世の歌を編んで残して、幼き者に皇位とともに国土愛を伝えようと思う。

国土鎮護《ちんご》、豊饒発展の壽《ほ》ぎ歌を巻頭に据えることで、言霊《ことだま》のくすしき力を信じようとしたのだろうか。

それはともあれ、この歌のゆるやかな、のびのびした楽しさ、いかにも王者らしき風韻、こういう歌を楽しめる我々の民族的幸福を思わないではいられない。

〈やあ、いい籠《かご》だな、いい籠持って
やあ、いい掘串《ふくし》だな、いい掘串持って
この岳で、菜を摘んでおいでの娘さんや、
家はどちらかな、おっしゃって下さい、
お名はなんといわれる。
この大和の国は私が征服支配しているんだよ。

私は大和の王者なのだ。
私から明かそう、私の家も名も〉

雄略天皇自身が作った歌、というよりは、古代君主の象徴として、著名な雄略の名を冠した、というべきであろうか。伝承歌のようなおもむきがある。雄略は武力に秀でた猛《たけ》き王者として個性がはっきりしており、長く民衆の記憶に残っていた。雄略の個性を畏怖し愛した人々の間にいつとなく歌い継がれ、それが国土讃歌のようなかたちでまとまったのかもしれない。しかし現代の私たちから見ると、まるで大和絵のような美しい風景の歌である。

この雄略天皇は泊瀬《はつせ》の朝倉の宮に天《あめ》の下《した》しろしめしたという。いまの奈良県桜井市、三輪山、音羽山などがすぐ近くに迫ってみえるあたりであるが、うらうらと照る春の日に、伝説の英雄たる雄略は供を連れてそぞろ歩きを楽しんでいる。

緑の萌えそめた岡で、若菜を摘んでいる一群の娘たちがいる。若菜を摘むのは、これも春の縁起ものであった。萌えでた若々しいエネルギーを自分のものとして、命の若がえりを願おうとする心なのであろう。野遊びに出た古代人は若菜を摘んで食べるのを、楽しみにも、縁起のよいこととともしたようである。

娘たちは清らかな籠をそれぞれ、たずさえている。それに、木や竹でつくった掘串をとりそえ、若菜を掘っている。そのなかにひときわ美しい娘、それはこの地方の豪族の娘なのであろうか、王者は敬語でもって呼びかける。「家告《の》らせ、名告《の》らさね」

女に名と家を問うのは求婚のしるし、といわれる。娘はすぐさま答えない。しかし嫌悪して排斥するのではなく、羞《はにか》んでうつむくか、木かげへ隠れるか、したのだろうか。それでも好奇心の強いのは女の常、そうっと雄略をのぞく。雄略の心は昂揚し、身分を明かし、誇示する。威あって無邪気な明るい、いい歌。

たまきはる宇智《うち》の大野に馬並《な》めて朝踏ますらむその草深野《くさふかの》

中皇命《なかつすめらみこと》（巻一・四）

中皇命は間人《はしひとの》皇后であろうといわれている。

それならば舒明天皇の皇女で、天智天皇の妹であり、孝徳天皇の皇后である。端正な気品がこの人の歌の特徴である。

舒明天皇が宇智（奈良県五條市）で遊猟されたとき、間人連老《はしひとのむらじおゆ》をして献《たてまつ》らしめられた歌。

〈宇智の原野でわが大君は

この朝、堂々と馬を並べ、
草ふみしめていられるのだ。
草深く露繁き宇智の原野よ〉

私が五條へ行ったのはもう二十年も昔のことであったが、吉野川右岸の野はまだ草深く「たまきはる宇智の大野」の感があった。今はどうなったろうか。

これも私の好きな歌の一つで、第二章では私の好きな歌を読者のみなさまに強いることになるが、どうかお許し下さい。

この歌は猟の獲物の多きを祈って、一同の前で朗誦された壽ぎ歌だったのかもしれないが、私はこれをよむたびに、草の匂い、露の匂いを感ずる。男たちの歓声、武者ぶるい、馬のいななき、それらすべてのものの上に、まだ明けやらぬ空がある。声調うるわしく、しかも迫力に富む歌である。斎藤茂吉は「万葉集中最高峰の一つ」と傾倒し、「豊腴《ほうゆ》にして荘潔、些《いささか》の渋滞なくその歌調を完うして、日本古語の優秀な特色が隈なくこの一首に出ている」と絶讃している。

間人皇后というのは謎多き女性である。彼女は夫の孝徳天皇を捨てて、実家の兄・天智サイドに立った。彼女は実家の肉親にしか心ひらかなかった。そうして一族の男たちに対して、表面は気品たかく冷いが、内実は艶冶《えんや》で情の濃い歌を残した。

我れはもや安見児《やすみこ》得たり皆人《みなひと》の得難《えかて》にすとふ安見児得たり

藤原鎌足（巻二・九五）

「内大臣藤原卿、采女《うねめ》安見児を娶《めと》る時に作る歌一首」とある。鎌足は天智天皇を補佐して大化改新を成さしめた元勲である。藤原の姓を天皇から賜わり、かつ安見児も天皇の許しがあったのであろう。采女は諸国の素姓ただしき、美しき娘たちから選ばれ、後宮に入って天皇に仕えた女官で、いわば天皇の妃候補であるから、臣下の男は触れられない。その中でも安見児は魅力的な女と評判高かったのであろう。文字通りの高嶺の花だったのだ。たいへん分りやすい歌なので、岩波書店の『古典文学大系』などは訳さえも載っていない。

〈わーい。おれは安見児を手に入れたぞ。ほかの人らが得難いものにしている安見児がおれのものになったんだ〉

まことに濶達《かったつ》で無心な歌。鎌足というのは天智と天武のあいだをとりもって、いかにも黒幕風な策士のように思われるが、純真と奸譎《かんけつ》が抵抗なく同居しているような、スケールの大きい男だったのかもしれない。

いなと言へど強《し》ふる志斐《しひ》のが強ひ語《かた》り
このころ聞かずて我れ恋ひにけり

持統天皇（巻三・二三六）

「天皇《すめらみこと》、志斐嫗《しひのおみな》に賜ふ御歌一首」とある。志斐嫗は、女帝側近の老女官長か、あるいは老巫女でもあろうか。

〈もう結構というのに、「まあお聞きあそばせ」とむりやりに聞かそうとする志斐ばあやの話、この頃しばらく聞いていないものだからなつかしくなってきたわ〉

持統女帝と親昵《しんじつ》な志斐の嫗は、何を女帝に無理強いして聞かせたのであろうか。女帝の口吻《こうふん》には楽しげな揶揄《やゆ》があり、「いや、いや、もうたくさん」といいつつも、志斐の嫗の物語に不快感は持たれぬたたずまいである。嫗は女帝にこう返している。

「否《いな》といへど語れ語れと宣《の》らせこそ志斐いは申せ強ひ語りと言ふ」（巻三・二三七）

――いやでございますよと申しましても、「語れ語れ」とおっしゃるから申上げておりますのに、押しつけ語りとおっしゃって。

二人の応酬は明るく親しみがあり、愛情が通い合っているようだ。女帝のみ歌の「強ふる志斐のが強ひ語り」という、「し」のくりかえしの美しい弾んだ口調もいい。私は昔、この志斐媼の話を、神話や晦渋《かいじゅう》な神々の名や古代の禁忌について、つまり、しかつめらしい話で女帝を退屈させたのかと想像していたが、いまこの年になってみれば、性的伝承説話などではないかと想像されてきた。大らかな古代の哄笑《こうしょう》を伴った骨太な、あけすけな艶笑滑稽談のようなものではなかったか。女帝は「いなといへど」と逃げられ、志斐も「いなといへど」と強調する。そこに性的説話が暗示されているようでもある。

志賀《しか》の海女《あま》は藻《め》刈《か》り塩焼き暇《いとま》なみ櫛笥《くしげ》の小櫛《をぐし》取りもみなくに

石川朝臣君子《いしかわのあそんきみこ》（巻三・二七八）

この志賀は福岡市の志賀島《しかのしま》である。作者の石川君子は神亀年中（七二四―七二九）

少弐《しょうに》（筑紫太宰府の高官である）に任じられたと『万葉集』の記事にあるので、この歌は実際に、志賀島で働く海女たちを見て詠んだのかもしれない。

〈志賀の海女は海藻を刈るやら塩を焼くやらと全く忙しげによく働く。化粧に身をよそおう暇がないので、櫛箱の櫛を手にとることもしないのだ〉

海女たちは潮風に吹かれ日焼けした肌に、髪を無造作にたばね、活潑な身ごなしで、都から来た高級官僚の目を驚かせたであろう。彼女らの哄笑も、荒っぽい鄙《ひな》のなまりも、都の男たちにはダイナミックな魅力と映ったかもしれない。「藻刈り塩焼き暇なみ」という口調が面白く、かつ、その頃の働く女たちの生態が躍如としていて、私は昔からこの歌が好きであった。

石川君子が「櫛笥」という言葉をふと思い出したのは、彼が昔、もう十年ばかりも前、播磨守《はりまのかみ》だったころ、任地で愛した乙女の歌からであろう。彼が中央へ栄転して任地を去る日、娘はこんな歌を贈った。

「君なくはなぞ身装《よそ》はむ櫛笥なる黄楊《つげ》の小櫛《をぐし》も取らむとも思はず」（巻九・一七七七）

――あなたがいらっしゃらなくなれば、なんでもう私は身じまいなどしましょう。傷心とかなしみに、私は櫛笥《くしばこ》の櫛も、手に取ろうとは思わないでしょう。

男は去り、女は歌とともにそこにとどまる。

うつそみの人にある我れや明日よりは二上山を弟背《いろせ》と我れ見む

大伯皇女《おおくのひめみこ》（巻二・一六五）

第一章で、「二人ゆけどゆきすぎがたき秋山をいかでか君がひとりこゆらむ」（巻二・一〇六）で大伯皇女を紹介した。天武天皇が没するが早いか、ひと月もたたぬうちに大津皇子は処刑される（六八六年）。年二十四。皇太子・草壁皇子と母（のちの持統女帝）の陰謀とする説もある。

大津皇子と同母の姉、大伯皇女は肉親の死によって斎宮の任を解かれ、帰京した。都へ戻る皇女の足は重い。

「見まく欲《ほ》り我がする君もあらなくに何しか来けむ馬疲るるに」（巻二・一六四）

――逢いたいと思う弟はもういないのに、なぜ私は都へ還ってきたのであろう。馬が疲れるだけなのに……。

死者は罪びとであった。謀叛《むほん》人として処刑されたことをはばかって、皇女におおっぴらに慰めてくれる人もなかった。

やがて大津皇子の屍は、葛城の二上山に移し葬られる。二上山を仰ぐ皇女の瞳はうるむ。

〈私はこの現《うつ》し世の人間、冥界へ旅立った弟とは会うよしもない。明日からは二上山を弟と思って見よう〉

大伯皇女の愛弟の歌はいかにも情深く薫染《くゆり》濃い。同母のきょうだいはこの時代、まことに情が濃いものであったが、ことに二人は早くに母を亡くしていたから、よけい、より添ったのであろう。

帰京後の大伯皇女がどんな人生を送ったか知られていない。持統治下の都で、肩身せまくひっそりと生きただろうことは想像される。しかし、草壁皇子の早逝も見たし、高市皇子《たけちのみこ》の死も見た。草壁の遺児、少年帝・文武の即位も見たはずである。そして大宝元年（七〇一）、四十ばかりで死ぬ。

生《い》ける者《ひと》つひにも死ぬるものにあれば
　この世にある間《ま》は楽しくをあらな
　　大伴旅人《たびと》（巻三・三四九）

有名な旅人讃酒歌十三首のうち。

貧しい人は山上憶良の「貧窮問答歌」（巻五・八九二）にあるように「糟湯酒《かすゆざけ》」（酒かすを湯で溶いたものらしい）などすすっていたが、旅人あたりは酒——といっても今のドブロクのように白濁したもの——に親しんだのだろう。平城京跡からは造酒《みき》司《つかさ》の遺構が出土している。また出土品の一つに「醴《れい》太郎」と署名のある酒椀があり、これは「酒好き男」というような意味らしい。万葉時代にも酒好きは多かったらしい。

〈生者はいずれついには死ぬのさ。だからこの世に生きている限りは酒を飲んで楽しく過そうじゃないか〉

旅人は儒教佛教の造詣も深いので、生者必滅のことわりを知りつつ、中国の酒仙の故事を引いて酒を讃える。

「いにしへの七《なな》の賢《さか》しき人たちも欲《ほ》りせしものは酒にしあるらし」（巻三・三四〇）

竹林の七賢のことである。

「あな醜く賢《さか》しらをすと酒飲まぬ人をよく見ば猿にかも似む」（巻三・三四四）

——みぐるしいな、賢こぶって分別くさく、酒を飲まない人をよく見ると、猿に似てるじゃないか。

「賢《さか》しみと物言ふよりは酒飲みて酔《ゑ》ひ泣きするしまさりたるらし」（巻三・三四一）

——賢こそうな理屈をいうよりは、酒に酔っぱらって泣いたりしているほうがずっとましさ。

当代切ってのインテリの一人である旅人が、「賢しみと物言ふよりは」というのが私には好ましい。いささか中国かぶれの隠棲《いんせい》趣味の匂いはあるが、旅人のあたまには、策謀と野心にまみれてひたすら立身に汲々とする俗流への挑戦があったのであろう。

旅人は讃酒歌というけれど、この一連の歌、どこやら酔うて酔い切れぬ一抹《いちまつ》のにがみがある。

たけばぬれたかねば長き妹《いも》が髪このころ見ぬに掻《か》き入れつらむか

三方沙弥《みかたのさみ》（巻二・一二三）

三方沙弥はどういう男であったか分らない。詞書に「園臣生羽《そののおみいくは》が女《むすめ》を娶《めと》りて、幾《いく》時《だ》も経ねば、病に臥《ふ》して作る歌」とある。三方沙弥は新婚間もなしに発病してしまったらしい。当時の習わしとして、男は妻のもとへ通うのであったから、病いに臥しているのは自分の家である。彼は新妻を思って歌う。その妻は幼ないといっていいほど若い妻である。髪ものび切っていないから、結い上げるほどでもない、中途はんぱな長さ、少女から娘になろうとする頃の、ういういしい幼な妻である。

〈かきあげようとすればほどけ、束ねないでおくと、長すぎるお前の髪だった。——ここしばらく見ないがもう髪型は変ったろうか、束ねて結い上げたのだろうか〉

これは、あるいは心変りして別の男の人妻になったのではないか、という意も言外に含んでいるのかもしれない。「娘子《おとめ》」の返歌がある。

「人皆は今は長しとたけと言へど君が見し髪乱れたりとも」（巻二・一二四）

――みんなは、私の髪がもう長くなった、束ねて結い上げなさいというけれど、私はこのままでいます。あなたがご覧になったままの髪のかたちで。乱れてもいいの。

女の髪は、夫と妻の愛情をつなぐ霊力があると思われていたのかもしれない。男の手が触れた髪をいとしむ、女の口吻が、そこはかとなくエロチックな気もするが、それも清らかな情趣になっている。

歌の贈答を会話のように読むと、『万葉集』中、最高に洗練され、エスプリの利《き》いた会話は巻二に多い。さきに紹介した、大津皇子と石川郎女《いしかわのいらつめ》の「山の雫」の歌もそうであるが、天武天皇の大雪問答も楽しい。

わが里に大雪降れり大原の古《ふ》りにし里に降らまくは後《のち》

天武天皇（巻二・一〇三）

これは実家に帰っていた「藤原《ふじわらの》夫人《ぶにん》」、鎌足の娘、五百重娘《いおえのいらつめ》にあてた天皇のみ歌、都からはほんの近くの家であるが、天皇は諧謔《かいぎゃく》する。

〈わが里には大雪が降ったぞ。そちらには降るまいが。大原の古びた里に降るのはず

っとあとであろうよ〉

夫人は歌を返す。

「わが岡のおかみに言ひて降らしめし雪のくだけしそこに散りけむ」（巻二・一〇四）

――私の住む岡の水の神に言いつけて降らせた雪でございますよ。その雪のかけらが、そこへ散ったのでございましょう。

天皇と愛妃のめでたい唱和応酬である。天武は寛仁《かんじん》の大度《たいど》ある君主で人望があったが、妃たちともむつまじくやれる、「いい男」だったらしい。この五百重娘とのあいだには新田部皇子《にいたべのみこ》を挙げている。

それにしてもこの夫人の反応の、なんと可愛く機智に富んでいること。この返歌を手にして、天武天皇は髭面《ひげづら》を破顔させたであろう。

万葉女性の才気はあふれるようである。

才気の点では集中随一の、大伴《おおともの》坂上《さかのうえの》郎女《いらつめ》、彼女の歌は今まで幾たびも紹介したが、これは彼女のかなり若い頃の作である。

来《こ》むと言ふも来《こ》ぬ時あるを来《こ》じと言ふを
来《こ》むとは待たじ来《こ》じと言ふものを
大伴坂上郎女（巻四・五二七）

相手の男は藤原麻呂《まろ》で権門の貴公子である。郎女は最初の愛人・穂積親王《ほづみのみこ》に死に別れたあと、麻呂と愛し合う。まだ二十歳前後かもしれない。

〈あなたは来るよとおっしゃっても、いらっしゃらない時もあるんですもの。来《こ》ないよ、とおっしゃるんだから、まさかおいでになるとは思えないわ。私、心待ちにはしますまい。来ないよ、とおっしゃってるんだもの……〉

「来《こ》ん」「来《こ》ぬ」をくり返した音調の面白さに、たゆたう女心をちらりと覗《のぞ》かせて、たわむれにみせつつ、「もしや……」と一抹の期待を二重写しに透けさせている。心にくいばかりしゃれたセンスの歌ではないか。こんな歌をもらった男は、よそへいこうとした足を思わず郎女のほうへ向けてしまうのではないか。「いい女」は『万葉集』

中にひしめいているようである。

読み人知らずの歌

海《わた》の底しづく白玉風吹きて海は荒るとも採《と》らずはやまじ
読み人知らず（巻七・一三一七）

この節では、読み人知らずの秀作ばかり蒐めてみた。

この歌は「玉に寄す」として同趣向の歌が四首ある中の、はじめの一首である。このあと、玉にちなむ歌が七首続くが、そのどれも玉を美女にたとえているのは同じである。

その一連の歌の中では、「海《わた》の底」の歌が断然いい。

これは男の歌である。

白玉は真珠のこと。海の底で、美しい真珠を発見したときの古代人の驚喜はどんなであろうかと思われるが、この男はその真珠を、思う女にたとえているのである。

〈海の底に沈んでいる真珠よ　どんなに風が吹いて荒れようとも　おれは採らずにおくものか〉

――「採らずはやまじ」という強い断言が、むきだしで飾りけなくていい。民謡風な平明な歌で、ことさら深い味わいの名歌というのではないが、譬喩《ひゆ》の真珠と、たくましい海人《あま》の男とのとり合わせが好もしい。花束を持つのは女より男のほうが似合わしく、お茶の席で男がかしこまって坐っているのも、女のそれより好ましい。
すべて柔と剛、硬と軟のとり合わせはイメージを触発してたのしい。
口調もなだらかでしたしみやすい、好きな歌である。

　我れゆ後《のち》生まれむ人は我がごとく恋する道にあひこすなゆめ

　　　　読み人知らず（巻十一・二三七五）

巻十一、十二は『万葉集』相聞の宝庫、愛誦するに足る恋歌が多い。読み人知らずの歌はみなやさしくわかりやすく、鑑賞するに手頃である。

〈おれよりもあとで生まれてきた人は、おれのように恋の道にふみ迷って苦しむなよ、おれがおろかなお手本だよ〉

　この歌、男の歌とは出ていないが、この口吻は男っぽい。自嘲の嘆息が聞えるようである。女の歌にはないにがみがあり、やや理屈っぽい言いまわしである。

　恋に溺れ、恋に踏みまよう自分を直視しながら、そこからどうすることもできない。男はふと頭を振って、

（――おれみたいになっちゃ、いけないぜ、あとから生まれてくる奴は、な）

と、ほろにがい諧謔をこめて歌う。

　もし女なら、そんなことはいわない。恋する女は、自分のことに手いっぱいで、あとから生まれてくる赤の他人のことなんか、知ったことではない、というであろう。

　男の恋は省察を伴うものらしい。この歌のあとに、

「ますらをの現《うつ》し心《ごころ》も我れはなし夜昼《よるひる》といはず恋ひしわたれば」（巻十一・二三七六）

というのがある。

　堂々一個の男子だとおれは自分のことを思っていたが、いやもう、正気さえ失ってしまった。夜となく昼となく、彼女に恋いこがれて、だらしないこの始末さ。

――現《うつ》し心を失った自分をみつめる、もう一人の自分を、男は持っているわけであ

る。理性を失っているな、と気付く理性が、男にはある。

「面忘《おもわす》れだにも得為《えす》やと手握《たにぎ》りて打てども懲《こ》りず恋といふ奴《やつこ》」（巻十一・二五七四）

彼女の顔を忘れることだけでもできるかと、拳をつくって、われとわがあたまを打ってみても、懲りもしないのだ、恋という奴はまあ、しようのない奴だ。

恋はどこからやって来て、人にとりつくのであろう。男たちは自嘲をこめて恋を蔑《さげす》んで「奴《やつこ》」と呼ぶ。古代には良民の下に奴隷《どれい》があった。恋を、奴隷め、と呼んでみても、わが心はその奴隷に屈従せざるを得ない。「恋の奴」といういいかたは当時の人々に好まれたとみえて、いろんな歌に散見する。

「ますらをの聡《さと》き心も今はなし恋の奴《やつこ》にわれは死ぬべし」（巻十二・二九〇七）

などあるが、一ばん有名なのは、穂積親王の歌であろう。

「家にある櫃《ひつ》に鏁《かぎ》さし蔵《をさ》めてし恋の奴《やつこ》のつかみかかりて」（巻十六・三八一六）

家にある櫃《ひつ》に、錠をおろしてしまいこんでおいたはずの恋の奴めが、いつのまにかとび出しておれにつかみかかってきおって……。

さきに書いたように穂積皇子は、若いころの但馬皇女《たじまのひめみこ》との悲恋で有名な人である。左註に、親王が宴席で、酒たけなわになると、いつも好んでこの歌を誦《よ》んだという。

もしかしたら親王のそばにはまだ十五、六歳の美少女、大伴坂上郎女が侍していて、もろともに「恋の奴」の歌を口ずさんで興がっていたかもしれない。恋を長持《ながもち》に入れ、錠をおろしてしまいこんだ、というアイデアが、いかにも才気溌剌《はつらつ》としている。

立ちて思ひ居てもぞ思ふ紅《くれなゐ》の赤裳《あかも》裾引《すそび》きいにし姿を

読み人知らず（巻十一・二五五〇）

紅《くれない》の赤裳の裾を引くという女のすがたは、男には印象的だったとみえて、これもよくうたわれている。

「山吹のにほへる妹《いも》が朱華色《はねずいろ》の赤裳の姿夢《いめ》に見えつつ」（巻十一・二七八六）

山吹の匂える妹、というのだから、真盛りの山吹の花のように濃艶な風情の女なのであろう、はねずは初夏に赤い花をひらくにわうめという。その花の色の赤裳と、山吹のイメージで、いかにも美しい女、という感じを歌の背後に透かせるのである。

読み人知らずのこの歌、「いにし姿を」というから、男は長いこと、女の去る後姿を見送っていたのであろう。

〈立っても君のことが思われるし、坐っても思われる。居ても立ってもいられないとはこのことか。君が紅の赤裳の裾を長く曳いて去っていったあの姿が、僕には忘れら

れないんだ〉

　この歌で思い出されるのは、

「朝影に我が身はなりぬ玉かぎるほのかに見えて去《い》にし子ゆゑに」（巻十一・二三九四）

ほのかに見えただけで、あの子は行ってしまった。あの子のために、私は朝日の影法師のように細く痩せるほど物思いをすることだ。

――女は流し目をくれて去ってゆく。背後に、男の視線が熱っぽく注がれているのを知らぬさまで遠ざかる。実はちゃんとそれも計算して、裳の裾を優美にさばいて去ったのであろう。中には流し目もくれず、一顧《いっこ》も与えず、つんとして過ぎていく女もある。

　　恋ひ死なば恋ひも死ねとか我妹子《わぎもこ》が我家《わぎへ》の門《かど》を過ぎて行くらむ

　　　　　　読み人知らず（巻十一・二四〇一）

〈あの女、おれの気持も分りすぎるくらい分ってるだろうに……。おれが恋いわずらいで死ぬんなら、どうぞご勝手にお死になさいよ、といわんばかりに、おれの家の前

を通っていくじゃないか〉

目もくれない女の物腰と、やきもきしている男の姿が想像される。

女は男のことを、ハナもひっかけない、という風情だが、男のほうは心の中ではもう女を自分のもの、とひそかに考えている。女の意向はここでは問わない。男の気持だけでいうと、「おれの女」と思いこんでいるから、「我妹子」という愛称が口をついて出てくる。

この我妹子は、さまざまなニュアンスが含まれ、折に応じて使い分けられるから、「わが妻よ」というときもあり、「意中の女《ひと》」を指すときにも、「秘めた愛人」を指すときもある。しかしここでは「憎いあん畜生」という感じである。

――え、あんたが恋死にするって？　笑わせないでよ、じゃどうぞご勝手に死になさいな、なんて思ってるんだろうなあ、あの様子は。おれの家の前を顎《あご》を上向けて歩きやがって、憎いあん畜生めが。

そういいながら、男は彼女が思いきれないのである。

「ますらをと思へるわれをかくばかり恋せしむるはあしくはありけり」（巻十一・二五八四）

立派な一人前の男と思っているおれを、こんなに恋に悩ませるのはよくないよ。

――あしくはありけり――というひとごとのようにいうところがおかしい。こんな恋歌がずらずらと並んでいる中で、ちょっと異彩の、いい歌がある。

難波《なには》人《ひと》葦《あし》火《ひ》焚《た》く屋《や》の煤《す》してあれど己《おの》が妻こそ常めづらしき

読み人知らず（巻十一・二六五一）

〈難波の人は家の中で葦を炉にくべるものだから、家のうちは煤《すす》ぼけている。まあいわばそのように、おれの妻も煤まみれの古女房だが、わが妻と思えば、いつ見ても目新しく可愛く思えるんだなあ〉

古妻をこんな風に詠い上げるのは珍しく、たのしく、難波人の葦火というのも、庶民の家庭のたたずまいがしのばれていい。我々は王朝の葦刈という説話に親しんでいるが、この万葉の難波の葦の歌も美しい。いまもなお、淀川の岸に葦は生えており、この歌を思い出しつつ、電車の窓から鉄橋越しに葦むらを見下すのも格別の風趣である。

さて、男性の歌がつづいたので、女性の歌を拾ってみよう。もちろん読み人知らずだから、歌意や雰囲気から女性の作、と察するだけだが。

うち日さす宮道《みやぢ》を人は満ち行けどわが思ふ君はただ一人のみ

読み人知らず（巻十一・二三八二）

うち日さす、は、宮の枕詞。これは一読、歌意は明瞭である。

〈宮殿へ行く道、都大路はごった返すほど人がいっぱい歩いているけれど、わたしの愛するひとは、ただ一人だけなの〉

この感覚はいかにも女性のそれのように思われる。こんなにたくさんの人がいるのに、愛する人はたった一人だけ、なんて、考えてみればふしぎだわ……どの人を見ても縁のない他人に過ぎず、わたしの心ときめきするのはあの人ただ一人だなんて。

愛の不思議にはじめて遭遇しておどろく、そのさまがういういしいので、まだ十代の恋だろうか。素直なおどろきが、忘れがたい思いを残す。『万葉集』には強い輝きを放つ大粒の宝石も多いが、こんなに小粒のダイヤのような、愛らしいのも多い。巻十一、十二はそんな作品でみちていて、それらが集って一顆《いっか》の珠となっている。これと同趣向だが男が歌うと、ちょっとひねった感じになる。

「しきしまの日本《やまと》の国に人二人ありとし思はば何か嘆かむ」（巻十三・三二四九）「しき島」は「あきつ島」などとともに「やまと」の枕詞。――この日本の国でおれの好きな女が二人あると思えばなんで嘆くことがあろうか、でも、二人といないお前なんだ。おれの好きなのは、お前ただ一人。だからこそ、長い夜を恋に悩み苦しんで明かすのだ。――これは長歌の反歌であって、この歌だけをよむと、この日本で愛し合った二人が手に手をとって生きてゆくのは嬉しい、という恋の凱歌《がいか》にもとれるが、その前の長歌に、「しきしまの　日本《やまと》の国に　人多《さは》に　満ちてあれども」（巻十三・三二四八）とあるので、「宮道を人は満ち行けど」という歌の類想であると分る。しかし女がよむと、素直な発見の感動となり、男がよむと理論的になる。しかしこの、「しきしま」の歌は声調よろしきため、角張《かどば》ったところがなく、中々いい歌である。

恋するに死《しに》するものにあらませば我が身は千《ち》たび死にかへらまし

読み人知らず（巻十一・二三九〇）

〈恋の思いで人が死ぬものなら、わたしは千度も死ぬのをくりかえしていることでし

ょう〉

女の歌であろう。千たび死ぬ思いがする、というのは許されない人妻の恋か、それともまだ母の膝下《しっか》にあって、自由のない稚《わか》い娘なのだろうか。恋を秘めていなくてはならない境遇だろうか。

母の権威は、母系家族の古代に於て絶大なものだったにちがいない。娘は母の目が怖い。男も、娘の母を無視できない。それでも娘は恋を知ってしまう。

「たらちねの母に知らえず我が持てる心はよしゑ君がまにまに」（巻十一・二五三七）

母さんにかくして、わたしがそっと抱いているわたしの心、この心を、いいの、あなたのいうままに任せるわ。

娘の気持を知った男は有頂天になる。それなら、おれからあんたのおっ母さんに申し込んでみようじゃないか、そうして晴れて結婚しよう。いいだろ。

しかし娘には、家庭の事情もあり、家族の思惑も気がかり、まだ機は熟していないと見きわめるカンも働く。

いま言い出しちゃ、かえってぶちこわしだわ。

「たらちねの母に申さば君も我れも逢ふとはなしに年ぞ経《へ》ぬべき」（巻十一・二五五七）
だめよ、母さんにしゃべってしまうと、かえってあなたもわたしも逢うことができずに年がたってしまうわ。

どうすりゃいいんだい、と男はむくれてしまう。いつまで忍んで通ってこなくちゃならないんだい。

女はいう。

「玉垂《たまだれ》の小《を》簾《す》の垂簾《たれす》を行きかちに寝《い》は寝《な》さずとも君は通《かよ》はせ」（巻十一・二五五六）

あなたはねえ、うちの家の簾《すだれ》の外を行ったり来たりして、わたしに姿をみせてよ。たとえ寝られなくったって、通《かよ》ってきてちょうだい。

やがて二人の恋がみとめられて、夫と妻、とよばれる間柄になったとすると、まことにそういう朝にふさわしい歌がある。

相見《あいみ》ては面隠《おもかく》さゆるものからに継《つ》ぎて見まくの欲しき君かも

読み人知らず（巻十一・二五五四）

〈顔を合わせると羞《は》ずかしくなってしまって、わたしはつい顔を隠してしまうの。そのくせ、あなたをすぐまた見たいの〉

可憐な新妻の風情であるが、それにしても『万葉集』の歌いぶりは古今独歩のもの、こんなに率直で飾りけのない言葉を並べながら、その奥にわくわくする心はずみ、美しい羞恥が揺曳《ようえい》し、たいそうデリケートな、清らかなエロスとなって発散している。

これに対応するような男のがわの歌として、

「若草の新手枕《にひたまくら》をまきそめて夜をや隔《へだ》てむ憎くあらなくに」（巻十一・二五四二）

が有名だが、憎からず思う若草のような妻、手枕をかわし初《そ》めたばかりというのに、一夜も隔てられるものか――という歌は民謡風で、切実感はない。

「相見ては」のほうが、ずっと具体的で、女心の可愛らしさをみせ、緊迫感がある。


我が背子が朝明《あさけ》の姿よく見ずて今日の間《あひだ》を恋ひ暮らすかも

読み人知らず（巻十二・二八四一）

よく似た歌はあるが、「私の夫」と強くはじめに打ち出したこの歌のほうがよい。

女は、男のことしかいまは念頭にないのであった。

〈あのひとが明け方に帰ってゆくその姿、それをはっきりと見ることができなかったものだから、今日のあいだじゅう、わたしは恋い焦《こが》れて過ごしたの〉

男は女の家に通うのである。夜にやって来て一夜を過ごし、明ければ朝まだきに帰ってゆく。

女はそれを見送り、心の底にじっと男の姿を焼きつけ、記憶を反芻《はんすう》しつつ、夢のように一日を過ごす。夜になればまた来るのではあるけれど、愛を交し初《そ》めた頃は、夜まで待ち切れない思いである。

この女は、男の出ていくときの姿をじっと見送りたいと思いつつ、人目をはばかったのであろう。または朝からなりわいに急《せ》かされる下層庶民で、起きぬけから働かねばならなかったのかもしれない。

「朝明の姿よく見ずて」というのは——じゃね、行くよ、行ってらっしゃい、今夜も早く来てね、うん今夜、という挨拶も、そそくさとして充分、交せなかったその心のこりもあるのかもしれない。

朝寝髪我れは梳《けづ》らじうつくしき君が手枕《たまくら》触《ふ》れてしものを

読み人知らず（巻十一・二五七八）

朝寝髪、という語感からは淫猥《いんわい》とか自《じ》堕落《だらく》のイメージを与えられるが、この歌でその悪《あ》しきイメージは払拭《ふっしょく》された。

〈朝起きたときの乱れ髪を、わたしはそのままにしておくわ。
櫛でとかしてととのえたり、しますまい。愛するあの人の手枕に触れた髪なんだもの、あの人の愛撫が、あの人の心が、この髪の一本一本に濃く残っているんだもの……〉

発想のひたすらな純粋さによって、この歌にこもる濃厚な官能は、すずやかな香りを残して気化した。

「朝寝髪」という言葉、男性は知らず、女性がよむと、毒気に中《あ》てられたように、その言葉だけでまず、――もう、たくさん、あとは読みたくない……と拒否したいところであるのに、終りまで続けると、その毒がかえって何とも、「いとおしい」色気に転じている。男と女は古代から千何百年、こうして愛し合ってきたんだなあ、と思われる。愛はつづいたけれど、しかし、それを声高く歌えたのは『万葉集』が最初で最後だったのではないか。

恋の熱情

おのれゆゑ罵《の》らえて居《を》れば青馬《あをうま》の面高夫駄《おもたかぶだ》に乗りて来《く》べしや

紀皇女《きのひめみこ》（巻十二・三〇九八）

この歌には左註があって、「右の一首は、平群文屋朝臣益人《へぐりのふみやのあそみますひと》伝へて云はく、昔聞くならく、『紀皇女窃《ひそ》かに高安王《たかやすのおほきみ》に嫁《とつ》ぎて嘖《ころ》はえたりし時に、この歌を作らす』といふ。ただし、高安王は左降せらえ、伊予国守《いよのくにのかみ》に任《ま》けらゆ」――紀皇女はこっそりと高安王と愛し合って社会的指弾を浴び、高安王は左遷されて伊予の国守に降格された、というのである。

しかし高安王は紀皇女より時代が新しく、二人を結びつけるのは年代的に無理である。それゆえ、岩波書店の『日本古典文学大系』では、「多紀皇女《たきのひめみこ》」ではないかとする。

読者はご記憶であろうか。第一章でご紹介した紀皇女を。——天武帝の皇女で、穂《ほ》積皇子の同母妹、艶聞の多い女性で、恋人の弓削皇子《ゆげのみこ》からは美しい恋歌（「大船の泊つる泊りのたゆたひに物思《も》ひ痩せぬ人の児ゆゑに」〔巻二・一二二〕など）を贈られ、死んだときは夫にその死を深く悼まれた。

ロマンスの多い生涯だった、という人々の記憶が、いつかこの歌と結びつき、本当は別人の作なのに、そこから浮び上る情景が、どうしても紀皇女でなければならないように比定されてしまったのかもしれない。

この歌はドラマチックでおかしい。「青馬」というのは白っぽい毛の馬であろう。恋人のもとへそっと訪れる男は、闇にまぎれやすい黒や栗毛の馬に乗るであろうに、よりによってこの恋人の男は、白い馬で意気揚々と来るのである。「面高夫駄」という言葉も諸説あって一定しないが、面高は顔をたかくあげたさまのことらしい。夫駄はブチのことをいうか、ともいわれるが、荷を高く積み上げた馬だろうか。

たまたま、皇女は保護者に叱責されている最中である。情熱的で奔放で、男にもてる美しい皇女は、次々と恋愛事件を引きおこし、世間の噂のまとになっている。身分高き人々にとっては自由恋愛は譴責《けんせき》さるべき非行である。皇女は高安王との私通を糾弾されている。

皇女は叱られて面を伏せ、恰好だけは謹慎の風をよそおって神妙にお叱言《こごと》を聞いている。そこへまた、遠慮も気くばりもない声でもって、やあ、遅くなってごめんよ――などと、恋人の声。皇女は無神経な恋人に腹をたてる。

〈なんて人なの、あんたって。あんたのために、あたし叱られてるのよ。よりにもよってそういうときに、人目につく青馬にふんぞり返って乗って、意気揚々とやってくるなんて、バカ、バカ、気のきかないったら！〉

面白い歌だ。

〈君〉とも〈吾が背〉とも呼ばない。「おのれ」と男を呼ぶ、皇女の自由闊達な精神のうごきがさわやかでたのしい。

私は若いころこの歌を知って、何とも言い知れない悩ましい悦楽の味を、舌先で味わったように思った。

「おのれゆゑ」という女のコトバは、若い私には刺激的だったのだ。まさに当時の会話体で〈このバカが！〉とすらりと口をついて出る、恋人たちの蜜のようなこまやかな間柄に、若い私は嫉妬したのであった。

歌としての文学的価値は問わない。この楽しさは古今独歩のものである。

このころの我が恋力《こひぢから》記《しる》し集め功《くう》に申さば五位の冠《かがふり》

読み人知らず（巻十六・三八五八）

この巻は面白い歌をとり集めた巻で、後世の連歌や俳諧の萌芽を思わせる作品が多い。

またくわしい左註のある歌が多く、その作歌事情と歌との関連ぶりは、ちょうどあとの代の『伊勢物語』や『大和物語』などの歌物語を思い出させる。

この歌も私には後世の狂歌を思わせるが、狂歌というよりもむしろ川柳世界を示唆する。

〈このあいだうちから、恋のためにおれが払いつづけた努力というのは大変なもんで、その次第を書きつけて功績として上申したら、こりゃもう、全く、五位の位階を賜わることだろうて〉

——恋に狂奔する自分の真意を、ひょいと視点をはずし、自分で嗤《わら》ってみせる。

五位というのは庶民や下級官僚からみれば雲の上人《びと》の貴族である。よほどの功績があるか、またはよほど巨額の財産を寄進でもすれば五位の位階を頂くこともあろうが、まあ、たいていの庶民は、そういう上流階級へ昇級する希望は断たれている。原典にはこのあとつづけて、類想歌がある。

「このころのわが恋力給《たば》らずは京兆《みさとつかさ》に出《い》でて訴《うれ》へむ」（巻十六・三八五九）

――この頃のおれの、恋の骨折に対してごほうびが頂けないようなら、都の長官のもとへ出て訴えてやるぜ、全く。

こういう発想は男性のもので、これが女性の口を通すと、恋は位階や功績という現実に換算されるものではなく、もっと美しく、ロマンチックになる。

「恋草《こひくさ》を力車《ちからくるま》に七車《ななくるま》積みて恋ふらくわが心から」（巻四・六九四）

――茂りに茂る恋の草。それを刈ったら荷車に七台も積んでしまった。恋の重荷にくるしむのも、みな私の心からなのね……。

作者は広河女王《ひろかわのおおきみ》、穂積皇子の孫といわれるが、作者名が分らなくとも、いかにも匂やかな女の歌に思えるではないか。それに比べると恋の奔走から位階を連想するのは男っぽいが、それだけに切実感があって面白い歌である。

み空行く月の光にただ一目相見し人の夢《いめ》にし見ゆる

安都扉娘子《あとのとびらおとめ》（巻四・七一〇）

〈空を渡る月の光のもとで、たったひと目だけ会った人——あのかたも私をちらとごらんになったけれど——その人のお姿を、夢に見ました〉

稚《おさな》い初恋を思わせる歌。

安都扉娘子がどういう娘だったかわからない。大伴家持《おおとものやかもち》はたまたまこの歌を手に入れ、『万葉集』に加えた。ほかにも歌があったのか、それともこの一首だけだったのかもわからない。

しかしこの、恋のためいきのような、はかなくかそけき歌は千数百年のちに残った。

万葉時代にはいろんな俗信があった。眉がかゆくなると、相手に会える予兆だとか、夢に見ると、相手も自分を思っている証拠であるとか。……この娘もそれを信じ、「夢にし見ゆる」と期待に力づけられて、結句には、

（嬉しい！……）

という口吻がある。

可憐、愛すべき歌。

巻四は相聞歌集であるが、その中で殊に光芒《こうぼう》を放つ一連の歌を楽しもう。笠女郎《かさのいらつめ》、これも大伴家持の愛人の一人。『万葉集』にある二十九首の彼女の歌はすべて家持へ贈ったもの。

大伴坂上郎女よりも伝わる歌は少ないが、情趣のしっとりした美しさ、しらべの気韻あることにおいてはおさおさ負けない。

この人もすぐれた女流歌人であった。くわしい生涯はわからない。しかし私たちは彼女の歌で、ひめやかな心のうごきを知る。それは史書の何十ページよりも、一人の女の生きた軌跡を物語る。

君に恋ひ甚《いた》も術《すべ》なみ奈良山の小松が下《した》に立ち嘆くかも

笠女郎（巻四・五九三）

〈あなたに恋い焦がれ、どうにもやるせなくて、奈良山の小松の下にたたずんで、私

は物思いに沈むのです〉

彼女の歌はここでは、「大伴宿禰《すくね》家持に贈る歌」として、前後二十四首載せられている。しかし歌には時間的推移があるので、いちどきに贈ったのではなく、長い間に家持に贈ったものであろう。

奈良山は奈良の北、京都府に接するあたりの丘陵地である。その南が佐保で、大伴氏の邸は佐保にあった。

笠女郎の家はおそらく、奈良山の丘にあったにちがいない。「うつせみの人目を繁み石橋《いははし》の間近き君に恋ひわたるかも」（巻四・五九七）という歌があるから、二人の家はごく近かったのか、家は指呼《しこ》の間《かん》にあるけれども、人目をつつまねばならぬ恋であった。

「伊勢の海の磯もとどろに寄する波畏《かしこ》き人に恋ひわたるかも」（巻四・六〇〇）

かしこき人は身分高くて釣り合わぬような人をいう。家持は旧家の名門の御曹司で、笠女郎は社会的階級からいえば、家柄は劣ったのだろう。――でも身分の違いをこえて、伊勢の海のとどろと鳴る荒い磯波のように、私はあなたと恋してしまったの。

「我が命の全《また》けむ限り忘れめやいや日に異《け》には思ひ増すとも」（巻四・五九五）

――私、生きてる限り、あなたを忘れはしないわ。日ましにいよいよ恋しさの募ることはあっても、忘れるなんてこと、あるものですか。

この笠女郎の積極的な愛、しかも、人の噂を恐れねばならぬ恋らしいのをみると、あるいは家持より年上の女で、人妻か未亡人だったのかもしれない。

「あらたまの年の経《へ》ぬれば今しはとゆめよわが背子わが名告《の》らすな」（巻四・五九〇）

——年がたったから、もう支障もあるまいと、私の名を人に洩らすようなことを、あなた、決してなさらないでね。

そしてことにも美しい歌、この歌のために万人は笠女郎の名を忘れることはできなくなった歌。

恋にもぞ人は死にする水無瀬川《みなせがは》下ゆわれ痩《や》す月に日に異《け》に

笠女郎（巻四・五九八）

〈水のない川——石ころがごろごろして、水はその下を流れている……そのため、まるで水のない川のようにみえる、そのように他目《よそ》には見えないけれど、秘め隠している恋のせいで、月に日に私は痩せてゆくのです。恋のために人は死ぬのです〉

下は、うわべの反対であるから、心という意味にもなる。「下ゆわれ痩す月に日に異に」――恋する大人の女の優婉な吐息、婀娜《あだ》っぽい姿態をまざまざと肌に感じさせるような歌。

やがて笠女郎と家持は、別れねばならない事情ができたらしい。笠女郎は諧謔でいろどりつつ、男に怨みごとをいう。

「相思はぬ人を思ふは大寺《おほてら》の餓鬼《がき》の後《しりへ》にぬかづくごとし」（巻四・六〇八）

私のことを思ってくれない人を愛するのは、まるで大寺の餓鬼の像の、おまけに後ろから拝むようなものだわ。

亡者の像を拝んでも甲斐ないのに、ましてそれを後ろから拝むという、二重のむなしさをたとえて笠女郎は自嘲する。

笠女郎は奈良山の邸を去って、遠い生まれ故郷へ帰らねばならなくなったらしい。別れてから家持に歌をおくった。

「近くあれば見ずともありしをいや遠《とほ》に君がいまさばありかつましじ」（巻四・六一〇）

――近くにいたらお逢いしなくてもまだ辛抱できたわ。でもいよいよ遠くにあなたと離れてしまえば、私はとても生きてはいられないでしょう。

これに対する家持の返事は、彼女の情熱に気押《けお》されたのか、甚だ意気上らぬ凡歌を二首ならべるのみ。

さて、『万葉集』の中でもっとも人気高い歌といえば、額田王《ぬかたのおおきみ》の「あかねさす紫野行き標野《しめの》行き野守は見ずや君が袖振る」（巻一・二〇）とともに、狭野弟上娘子《さののおとがみのおとめ》の歌をあげられるであろう。額田か弟上娘子か、人気はまさに二分されていて、どちらが上ともいえない。

これは巻十五の目録によると「中臣朝臣宅守《なかとみのあそみやかもり》、蔵部《くらべ》の女嬬《にょじゅ》狭野弟上娘子を娶《めと》りし時に、勅《みことのり》して流罪に断じ越前《こしのみちのくち》の国に配《なが》す。ここに夫婦、別れやすく会ひかたきことを相嘆きて、おのもおのも慟《いた》む情《こころ》を陳《の》べて贈答する歌」として六十三首出ている。

だいたいの事情はこれで分るが、くわしいところはまだ解明されていない。時代はどうやら天平十年（七三八）前後らしい。狭野弟上娘子（私などが昔、習ったときは茅上《ちがみ》のおとめ、と教わったが、この頃は「弟上《おとがみ》のおとめ」が定着しているらしい）は下級女官であったが、中臣宅守と恋に落ち、宅守は罰せられて越前へ流罪の身となった。女が采女《うねめ》だから、という説や、宅守が重婚したから、などという説もあるが、はっきりしたことはわからない。しかし宮廷女人と恋愛することはタブーであったのだろう。宅守は越前へ送られ、恋人たちは仲を裂かれた。

君が行く道の長路《ながて》をくりたたね焼き亡ぼさむ天《あめ》の火もがも

狭野弟上娘子（巻十五・三七二四）

〈あなたが越前へといかれるその長い長い道、それをたぐり寄せてたたんで焼きつくしてしまうような天の火があったら……そしたらあなたはまた、私の手もとに戻っていらっしゃるでしょうに……〉

斎藤茂吉は、『万葉秀歌』にこれを入れ、「強く誇張していうところに女性らしい語気と情味とが存じている」といわれる。犬養孝は、「これはいわば〝華厳《けごん》の滝型〟です。越前までの夫の道中を思いやっておいて、『繰り』『畳ね』『焼き』『ほろぼさむ』と一つ一つ切れた単語が続く。そうして、『天の火もがも』というのですから、ちょうど滝壺へ向かって水が加速度的に流れおちてゆくようです。全く、女性が自らの恋心を、全身に訴えて爆発させているような歌ですね」（『万葉のいぶき』）といわれる。

この歌の前、二人の贈答歌の冒頭は、「あしひきの山道《やまぢ》越えむとする君を心に持ちて安けくもなし」（巻十五・三七二三）であるが、池田彌三郎は、こちらの歌の方が情熱を沈潜させて一段とすぐれている、とされていた。
我々女性の女ごころにアッピールするのはやはり、「天の火もがも」という、奔騰《ほんとう》する熱情であろう。引き裂かれることによって、いっそう恋はかきたてられる。越前までの道中は長く、しかもいつまで待たねばならないのか予測もつかない。娘子は伏しまろんで泣いて歌う。
「命あらば逢ふこともあらむ我がゆゑにはだな思ひそ命だに経《へ》ば」（巻十五・三七四五）
――命さえあったらまた逢うこともできるでしょう。私のことでひどく苦しみ悩んで、お体をそこなわないで。元気でいらしてね、命さえあったらまたいつか逢えるんですもの、命さえあれば……。
「天地《あめつち》の底《そこ》ひのうらに我《あ》がごとく君に恋ふらむ人は実《さね》あらじ」（巻十五・三七五〇）
――天地の果てまで、私のようにこんなに烈しくあなたを恋してる人は、絶対ないはずだわ。
「白栲《しろたへ》の我《あ》が下衣《したごろも》失はず持てれ我《わ》が背子《せこ》直《ただ》に逢ふまでに」（巻十五・三七五一）
――私の形見としてお贈りした、真っ白な衣を大切に持っていらしてね、あなた。現実にお会いできるまで。
「逢はむ日の形見にせよと手弱女《たわやめ》の思ひ乱れて縫へる衣《ころも》ぞ」（巻十五・三七五三）
――また逢える日までの形見になさってと、かよわい女の私が千々に思い乱れて、一針一針縫った衣なのよ、あなた。

宅守の配所までの旅は辛い。逢坂山から琵琶湖の北の岸沿いに、塩津《しおつ》山を越えて敦《つる》賀《が》に出る。宅守は一歩一歩と都をはなれつつ、恋人のおもかげを胸にうかべ、そうしてこれは男の感慨を吐露する。

塵泥《ちりひぢ》の数にもあらぬ我れゆゑに思ひわぶらむ妹《いも》がかなしさ

中臣朝臣宅守（巻十五・三七二七）

〈塵や泥のように物の数でもないおれのために、あの子は物思いに萎《しお》れている。いとおしいあの子よ〉

宅守の歌は娘子にくらべると地味で、ごつごつとしており、口ごもるような真率味がある。女性問題で罪に問われるというには似合わしからぬ、誠実で几帳面な男、それゆえにこそ、いったん恋したら、いちずで純粋だったのであろう。この二人の贈答歌を後人の作成にかかるという説もあるが、二人の歌の調子が異なるので、原歌はやはり、二人が詠んだと思いたい。それを編集し組立てた人がいたのであろう。「塵泥」

の歌は、地味な中に男の深い愛情があり、これは宅守の卑下ではない、彼がいかに男らしかったかということのあかしで、恋をしている最中も、自分を客観視できるところがある。

そうして、女が愛してくれる、ということへの感謝と、畏敬がある。

宅守は、女を通して人生に開眼し、愛を発見する。そのとき彼は自然に謙虚な心になり、「塵泥の数にもあらぬ我れ」という言葉が口をついて出た。そのとき、流罪は、愛の勲章であった。

「あをによし奈良の大道《おほぢ》は行きよけどこの山道は行き悪《あ》しかりけり」（巻十五・三七二八）

「我妹《わぎも》子《こ》が形見の衣《ころも》なかりせば何物《なにもの》もてか命継がまし」（巻十五・三七三三）

宅守は娘子の形見の衣を頼りに、命を継いで生きていく。宅守の流されたのは越前の国、味真野《あじまの》（今の福井県越前市の東南）であった。

「遠き山関《せき》も越え来《き》ぬ今さらに逢ふべきよしのなきがさぶしさ」（巻十五・三七三四）

「逢はむ日をその日と知らず常闇《とこやみ》にいづれの日まで我《あ》れ恋ひ居《を》らむ」（巻十五・三七四二）

――いつ逢えるのか、そのときははかりがたい。まるで常闇の中にいる気分だ。いつまでこうして君に恋いつづけていなければならないのだろう。

そして、天平十二年（七四〇）六月、大赦《たいしゃ》があるという噂が都に流れ、更に流人が帰ってきたという噂だった。娘子は飛び立つ思いである。物狂おしく一行をさがす。

　　帰りける人来《きた》れりと言ひしかばほとほと死にき君かと思ひて

　　　　　　　　　　狭野弟上娘子（巻十五・三七七二）

〈赦免《ゆる》された人が都へ帰ってきたというので、私は嬉しさのあまり、あやうく死ぬところでした、あなたがお帰りになったのだとばかり思って……。でもいらっしゃらなかった〉

この時の大赦では穂積老《ほづみのおゆ》ら五人の流人が帰京をゆるされたが、宅守はその中に入っていなかった。

「わが背子が帰り来まさむ時の為命残さむ忘れたまふな」（巻十五・三七七四）

娘子は気を取り直し、みずからを力づける。あなたが帰っていらっしゃる時のために、私、生きつづけるわ。あなたもお忘れにならないでね。——それに対して、

「あらたまの年の緒《を》長く逢はざれど異《け》しき心を吾《あ》が思《も》はなくに」（巻十五・三七七五）

これは越前に在る宅守の叫びである。長いこと逢わないが、おれの気持は変らないよ。……雪深い流刑地にさらに一年、宅守はとどめられた。翌年赦されて帰ってきた時の二人の歓びの再会の歌はない。もしかすると娘子はそれを待たず、みまかったのかもしれない。

東歌

橘の寺の長屋にわが率寝《ゐね》し童女放髪《うなゐはなり》は髪上げつらむか

読み人知らず（巻十六・三八二二）

〈橘寺の長屋（僧坊）におれがひっぱりこんで共寝をした、あのおかっぱあたまの少女は、もう一人前の女になって、そろそろ髪を上げて結うようになったかなあ〉

「古歌に曰《い》はく」として出ているもの。

橘寺は明日香村、橘にある聖徳太子創建の寺である。この歌、何とはなしに印象的で面白い。民謡的な口吻で、古代の書に折々とどめられている流言蜚語《ひご》、予言妖説の雰囲気もある。もっともこの歌については、文句をつける人も早くからいた。歌のあとに、こんなことが載っている。椎野連長年《しいののむらじながとし》という人が、〈大体、寺院の僧坊は俗人の寝られるところではない。また成人に達して髪上げをした女を放髪丱《はなり》というのだ。とすると第四句にすでに放髪丱といっているからには、おしまいの句に再び髪上げのことをいうべきではないと思う〉といって、こっちが正しいのだときめた歌は、

「橘の照れる長屋にわが率寝し童女放髪《うなゐはなり》に髪上げつらむか」（巻十六・三八二三）

　タチバナの照り映える長屋に、おれがひきこんで共寝したあの童女は、髪上げをして一人前の女になったろうか。

　――しかし長年の歌では面白みは蒸発してしまう。

　この歌は僧坊と少女、という、あり得べからざる取り合わせのために、人の心を刺激し、歌に生彩が与えられている。しかも「橘の寺」とはっきり指定している。ショッキングなトピックスである。お下げ髪の童女と若い僧であろうか、それとも寺に使われる堂童子でもあろうか、相手がうない髪の童女だけに卑猥感はなく、「わが率寝し」は強引に力ずくで迫ったのではない、童女が誘われて諾《うん》といって、ついてきたのである。

　僧坊であってはならないひめごとだから、二人のひそやかなささやき声は、いっそう低くなったろう。それでも抑えかねる忍び笑い、上気したためいき、それらの思い出が、

「童女放髪《うなゐはなり》は髪上げつらむか」

というなつかしさになって唇にのぼってきたのだ。この歌を好んで伝えた庶民も、僧院の情事に低俗な好奇心を持ったというより、大らかな性愛に共感し、寛大になる、その心持を愛したのであろう。

そういえば『日本書紀』の皇極紀に時の謡歌《わざうた》が記載されている。その一つ。

「小林《おばやし》にわれを引き入れて姧《せ》し人の面《おもて》も知らず家も知らずも」

――私を林の中に誘いこんで寝た人は、顔も家も知らない、見知らぬ男だったわ。

これも歌垣のカーニバルの昂揚した一夜の思い出であろう。この「引き入れて」にも暴力の匂いはない。女が誘われて諾《うん》といったのである。性はオープンな娯《たの》しみだった。椎野連長年の考証は、余計なことであろう。明日香の寺には、民衆の健康なエロティシズムの思い出もまつわっているのだった。

上《かみ》つ毛野《けの》安蘇《あそ》の真麻群《まそむら》かき抱《むだ》き寝《ぬ》れど飽《あ》かぬをあどか吾《あ》がせむ

読み人知らず（巻十四・三四〇四）

巻十四の「東歌《あずまうた》」は、いくら拾っても拾いつくせぬ珠玉が多く、拾いあつめてなお目を奪われる作品が多い。

右は二十二首ある上野《かみつけの》国の歌の一首。

安蘇は栃木県であるが、古代は上野の国（群馬県）に属していたのだろうか。

〈上野の安蘇は麻の産地だ。群れ立つ麻を抱えるように、お前をしっかりこの腕に抱いて寝るのだが、いくら愛のときを重ねてもおれはこれでいいということがないんだ、おれ、どうしたらいいんだよ〉

「上つ毛野安蘇の真麻群」までは「かき抱き」を引き出す序詞である。

「寝れど飽かぬをあどか吾がせむ」のあどかは東国なまりで、いかが、どうしたら、というような言葉。

恋の絶頂のいら立たしい歓喜、それは底なしの愉悦であると共に、決してみたされない深い渇きである。もっと、もっと、と貪ってなお飽き足りない。恋の季節は渇きにめざめ、欠乏感と不安のうちに浅いねむりに落ちる。うつつか夢か、迷うような酩酊の季節。

それを、こうずばっと歌いきってしまわれると、近代人は、しんそこ「まいった」と思う。

上野の国の空は青かったであろう。麻畠に入って働く人々は、この歌を歌い交して汗の背に麻の束を背負い、あるいは抱いて運んだか。

同じ安蘇が出てくる。これは下野《しもつけの》国の歌である。

下つ毛野安蘇の川原《かはら》よ石踏《ふ》まず空ゆと来《き》ぬよ汝《な》が心告《の》れ

読み人知らず（巻十四・三四二五）

〈下野の安蘇の川原を、石も踏まずに、おれは宙をとぶ思いですっ飛んできたんだ、さあ、お前の気持を聞かせてくれ〉

——東国男はひたむきでいちずであるのだ。おれ、空を飛んできたんだぜ。「空ゆと来ぬよ」といわれては、女も感動する。それにまた「汝が心告れ」がいい。

男はいう。

「今までみたいに、思わせぶりや、気を持たせるようなこと、いうなよ、頼むから、さ。今日という今日は、お前の本心を聞かせてくれ。そのつもりで来たんだから」

女はべつに言いのがれするつもりではないのだが、たゆたう女心というものであろう。嫌いじゃないんだけど、何しろ、お母さんたらきびしいの。だから、もっと、ときを延ばして、ね。あら今日？　今夜なんてとてもダメよ。そこまであたし、心をきめてないの。

そんな調子で、女は赤裳《あかも》をひるがえして去っていく。見送る男はしおしおと踵《きびす》を返したにちがいない。

何度もそれをくり重ね、あるとき男は、

（今日はシッカリ、あいつの本心を引き出してやる。今日という今日は）

と勇み立ち、気負ってやってくる。

その日の若者は、いつもとは気魄がちがう。

女をこっち向かせずにおくものか、という覚悟があって、道々の風物も目に入らない。安蘇の川原の石を踏んだ気もしなかった。足も心も宙をとび、ただひたすら、女のおもかげを胸にしてやって来、

「どうなんだよ、本心を聞かせろよ」

と迫るのである。

何とも楽しい、線の太い歌。こう、むきつけに迫られては、男が可愛くなって、女も「否《いや》よ」とはいえないのではないか。

古代にも、可愛い男がいた。

父母も花にもがもや草枕旅は行くとも捧《ささ》ごて行かむ
丈部黒当《はせべのくろた》（巻二十・四三二五）

防人《さきもり》は二十歳から六十歳までの壮丁からえらばれたが、まだ子供のような独り身の青年たちも多かったとみえ、彼らは父母を置いて発《た》つ悲しみをうたうのであった。

〈父母が花であってくれればいい。そしたら辛い旅の道中も、大切に捧げ持っていくものを〉

この歌を私は少女の時に知り、出征する青年たちが心に切に思うことを、代弁していると思った。「十九年父母《ふぼ》と住《すま》ひし幸《さきは》ひの心に泌みて発《た》つ日迫りぬ」これは当時の歌誌に載って、少女の私を泣かせた出征兵士の歌であった。

「万葉」の防人もそう思いつつ発《た》ったであろう。「花にもがもや」というのはロマンチックである。やさしい心の若者。

「水鳥の立ちの急《いそ》ぎに父母に物言《は》ず来《け》にて今ぞ悔《くや》しき」有度部牛麻呂《うとべのうしまろ》（巻二十・四三三七）

防人として出発するときのあわただしさ、まるで水鳥がばたばたと飛び立つように心せかれるまま、さまざま取りまぎれてしまって、父母にゆっくり、別れの言葉を交すこともできなかった。今になって残念でならない。あれも言おう、これも言っておこうと思ったのに……。

防人は後ろ髪引かれる思いで、一歩一歩と故郷を遠ざかるのである。東国から陸路、難波へと彼らは向う。そこから船に乗せられて筑紫へと発《た》つ。

「難《なに》波《は》津《つ》に装《よそ》ひ装ひて今日の日や出《い》でて罷《まか》らむ見る母なしに」丸子連多《まろこのむらじおお》麻《ま》呂《ろ》（巻二十・四三三〇）

難波の湊で、船の出港準備はいよいよととのった。今日という日、まさにおれは筑紫へ出発する。見送ってくれる母もいなくて……。

多麻呂は鎌倉から徴発された防人だった。

老いた父母が、息子との別れを悲しんで泣いたとき、なかにはこういって慰めて出た若者もいただろう。

「父母《とちはは》え斎《いは》ひて待たね筑紫なる水漬《みづ》く白玉《しらたま》取りて来《く》までに」川原虫《かわらのむし》麻《ま》呂《ろ》（巻二十・四三四〇）

お父さんお母さん、ようく潔斎して、神さまにおれの無事を念じて待っていて下さい。筑紫の海の底の真珠を取って無事に帰ってくるからね。

とちはは、というのは、ちちははの東国なまりである。片親しかない若者はそれぞれに、父を置いて、母を置いてゆくのが切なかった。

「真木柱《まけばしら》ほめて造れる殿《との》のごといませ母刀自《ははとじ》面変《おめがは》りせず」坂田部首麻呂《さかたべのおびとまろ》（巻二十・四三四二）

太い立派な真木柱で、祝福してめでたく建てた御殿のように、いつまでも変らないでいて下さい、お母さん。悲しみにやつれて面変りしたりしないで。

まけばしら、おめがわり、みな、東国なまりである。

「わが母の袖もち撫でてわがからに泣きし心を忘らえぬかも」物部乎刀良《もののべのおとら》（巻二十・四三五六）

千葉県から来た防人。

おっ母さんがおれの頭を袖で撫でながら、「どうぞ無事でな」とおれのために泣いて別れを惜しんでくれた、その心を忘れることはできない。

この歌には頭という言葉は出てこないが、頭を撫でるのは、無事を祈る当時のまじないであったらしい。

「父母が頭《かしら》掻き撫で幸《さ》くあれて言ひし言葉《けとば》ぜ忘れかねつる」丈部稲麻呂《はせべのいなまろ》（巻二十・四三四六）

父と母が、頭を撫でて「無事でいておくれよ」といったあの言葉が忘れられない。

若者たちの親との別離も悲しいが、妻子を残してゆく男たちの思いも切実である。

我《わ》ろ旅は旅と思《おめ》ほど家《いひ》にして子持《こめ》ち痩すらむわが妻《み》愛《かな》しも

玉作部広目《たまつくりべのひろめ》（巻二十・四三四三）

東国なまりの強い歌だが、これには男の真情があふれていてやさしい。

〈おれはしようがない。旅は旅、どうせ辛く苦しいもんだと覚悟はしているが、家にいて小さい子を抱えて苦労しているだろう、ウチのヤツがいとしいんだよ〉

美しい言葉はここにはない。日常語が何の技巧もなく並べられているだけである。しかし男のやさしさが匂うようにたちのぼって珠玉のような美しい歌になっている。大伴家持はこれら防人の歌を蒐めているうちに、その真情に動かされ、みずからの詩心を触発されて同巧の歌を作ってみせているが、どうしてもインテリの技巧が目立って、防人の心の訴えの美しさとは程遠い。

そういえば、『定本　ガダルカナル戦詩集』という本がある（創樹社）。作者の吉田嘉七は戦時中ガダルカナル島に一兵卒として転戦し、砲弾のもとでひそかに詩を書き継いでいられた。ガ島は日本軍の苦戦した島で、飢餓とマラリアと敵の激しい攻撃におびただしい日本兵が死んでいった。そういう中、月明りのもとで書きとどめられた詩や短歌が、奇蹟的に内地へもたらされ、いまに残されたのが『ガダルカナル戦詩集』だった。

塹壕の中で、兵は書きつづける。

「いくさする我にいやまし
弟の家守《も》る日々は
激しかるらし。

ふるさとに
家もるわざのきびしきは
わが想像の絶するごとし。」

男性神話は崩壊しつつある現代だが、私はやっぱりなお、こういうやさしい心情の男たちを信じたい。兵の兄は、内地の弟の日々を思いやらずにいられないのである。防人は筑紫に向いつつ、心は家郷から離れない。ことに季節の農作業に関しては、まあどんなにあれこれと気がかりであったことだろう。

防人《さきむり》に立たむ騒《さわ》ぎに家《いへ》の妹《いむ》が業《な》るべきことを言はず来《き》ぬかも

若舎人部広足《わかとねりべのひろたり》（巻二十・四三六四）

さきむり（防人）。いむ（妹）。みな東国なまりで、この男は茨城から来ている。

〈防人に出発する騒ぎにとりまぎれ、ウチのヤツに家のなりわいのこまごました注意を、ろくすっぽいわずに来てしまったなあ。あいつ、何とかやっていくだろうか〉

生業への配慮も一家の大黒柱なればこそ。

働き手の夫を徴発される妻の心痛と悲しみも大きい。防人の三年は、現代の単身赴任の三年ではない。当面の戦争はないけれど、往復の旅の苦難は甚しい。長旅に病み異郷に果てる防人たちも多かった。とり残される妻たちの思いは尽きない。

防人《さきもり》に行くは誰《た》が背《せ》と問ふ人を見るが羨《とも》しさ物思《ものも》ひもせず

読み人知らず（巻二十・四四二五）

女たちが道端か井戸端で集って噂している。

〈防人に行くのはどこの旦那さんなの〉

それを耳にした防人の妻の心持はどんなだろう。

〈何心もなく、あんなこと言い合ってる人々がうらやましいわ。何の物思いもしないで〉

妻はそう思いつつ、涙を拭う。防人の召集令はかなり早くからではなく、誰を召集するかは、案外、突然、きめられたようである。

「水鳥の立ちの騒ぎに」という形容が多い。

「潮船《しほふね》の舳《へ》越《こ》そ白波にはしくも負《お》ふせたまほか思はへなくに」丈部《はせべの》直《あたい》大麻呂《おおまろ》（巻二十・四三八九）

潮船の舳《へ》先《さき》を越してくる白波のように、突然に召集なさることだ、思いもかけなかったものを。

——いまいましげである。

そんな歌があるところを見ると、命令は急で、出発までは日時も僅《わず》か、目のまわる忙しさであったのだろう。

赤駒《あかごま》を山野に放《はか》し捕《と》りかにて多摩《たま》の横山《よこやま》徒歩《かし》ゆか遣《や》らむ

宇遅部黒女《うじべのくろめ》（巻二十・四四一七）

はかし、は、放し、とりかにて、は、捕りかねての東国なまりである、黒女は武蔵の防人の妻である。

〈赤駒を山野に放し飼いにしていたものだから、この大事なときに捕えられない。ウチのヒトが防人にいくっていうのに、多摩の横山を歩いて行かせることになるのかしら〉

馬や牛があれば、防人はそれを連れていくことも許された。家族や奴婢を伴っていくのも許されている。『日本霊異記《りょういき》』には武蔵の防人、吉志火麻呂《きしのひまろ》が母を伴って筑紫へいったという話がある。「その婦《め》は国に留まりて家を守る」と。妻が留守番をしている。

しかし旅の道中、集結地難波までの食糧は自分持ちであるから、帯同する家人がいればその分の負担も増え、一般庶民には大変だったに違いない。あとを任せる者もいないから、普通には妻が、子と家を守って、とどまったのであろう。

黒女は馬を連れ戻すことができないのを残念に思う。時刻は迫るし、もう待てない。ええ、あの馬があれば、あんたもずっと助かるってもんなのに、この肝心のときに、ねえ……。早くつかまえとけばよかった。妻はいらいらし、悲しむ。いいよ、いいよ、馬はあとへ残していくよ、そのほうがお前だって都合がいいだろうし。

夫はそういって慰めて発《た》つ。黒女の夫は無事に三年たって帰ってきただろうか。

草枕旅の丸寝《まるね》の紐《ひも》絶えば我《あ》が手と付けろこれの針《はる》持《も》し

椋椅部弟女《くらはしべのおとめ》（巻二十・四四二〇）

〈草を枕の旅で、あんたは丸寝するんだろうね。着ている着物の紐がちぎれたら、あ

たしの手だと思って付けなさいよ、ほら、この針でさ〉

　はるは針、もしは持ちのなまりである。ぶっきらぼうな歌いかたに、何ともいえぬ朴訥な妻の愛がこもっているではないか。「付けろ」という粗野な命令形が鄙《ひな》びていて、いとしい。

　この妻の夫の歌もある。

　妻に「私の手だと思って、父ちゃん、自分でこの針持ってホコロビを縫いなよ」といわれた男は、今さらのようにわが家をしみじみ、見廻す。

「家《いは》ろには葦火《あしふ》焚《た》けども住みよけを筑紫に至りて恋《こふ》しけ思《も》はも」物部真根《もののべのまね》（巻二十・四四一九）

——葦を刈り干し、それをたきものにする貧しいわが家、家のうちは煤だらけだが、おれには住み心地のいい、たのしいところなんだ。筑紫に着いてから、きっとこの家が恋しくなることだろうなあ。

　しかしこの男には留守をまもってくれる妻があるからいい。妻を早くに亡くしていた男が防人に召集されたときの痛みはいかばかりか。

「韓衣《からごろも》裾に取り付き泣く子らを置きてぞ来《き》のや母《おも》なしにして」他田舎人大島《おさたのとねりおおしま》（巻二十・四四〇一）

　信濃国の防人である。裾にとりすがって泣きむずかる子供らを置いてきたんだ……

母親もいない子供らなのに。男は歯を食いしばって出発する。

父が子に寄せる愛は、憶良の歌のようにほかにもあるが、防人の歌の中ではこれのみ。

歌をよむのに慣れていたと思えない、東国の農民男女が千三百年のちの我々を感動させる歌をのこす。収録取捨の作業に当った家持のあたまにあったのは、
（「愛の歌集」をつくろう！）
ということだったのではないか。人間の真情は千年、二千年のちにも残るはず、と彼は信じて。

家持の歌を中心に

春の苑紅《そのくれなゐ》にほふ桃の花下照《したで》る道に出《い》で立つをとめ

大伴家持（巻十九・四一三九）

「天平勝宝二年三月一日の暮《ゆふべ》に、春の苑の桃李《たうり》の花を眺めて作る二首」のうちの一首。あまりにも有名な歌で、正倉院宝物の鳥毛立女《とりげりゆうじょ》屏風の、樹下美人図を多くの人は思い浮かべるはずである。正倉院のこの樹下美人は、天平勝宝四年（七五二）六月二十六日の日付が下張りの紙に書かれてあった。すなわち家持のこの歌から二年あとである。家持が桃の花のもとに立たせたかったのは、やはりあの画のような美人だろう。

〈春の苑。桃の花は紅に照りかがやいている。その花の色に映えて明るい木の下にた

たずむ乙女の、なんとあでやかなことよ〉

――これは家持の実見ではないだろう。この年、彼はまだ越中の国府にいる。越中の国の春はおそく、「梅花柳絮《りうじょ》三月にして初めて咲くのみ」（巻十九・四二三八の左註）、桃の花はまだつぼみであろうが、家持の幻想の中では濃い桃色の照り映える花ざかりだった。

実際に佇《たたず》んでいたのは、家持の妻、坂上大嬢かもしれない。家持ははじめは単身赴任であったらしいが、途中、公用で一度帰京し、そのとき妻をたずさえ戻ったようである。家持はこのころ三十三、四歳か。大嬢は二十八、九ばかりであろうか。家持はたくさんの恋を経験したけれど、妻にはかわらぬ愛を抱いていたらしい。この桃の花の歌は、妻に捧げる歌ではないかと私は思っている。妻は美しい幻想に飾られて、『万葉集』に永遠にとどめられた。

奈良時代の美人は、まず、ぽってりとしたゆたかな肉《しし》おきが第一条件だったらしい。肩はまるく盛りあがり、首も太く輪が入るほどで、豊頬は垂れんばかり。化粧は隋・唐の風に倣《なら》っている。海外のファッションがすぐさまとり入れられるところは現代とちがわない。それにしても、わが国の遣唐使、つまり訪中団はみな男性で組織されていたから、彼らが帰朝してファッションをリードしたとは思えないし、これはやはり朝鮮半島経由の帰化女性とか、舶載《はくさい》の絵とかからもたらされた文化だろうか。

　白粉《おしろい》は文献の上ではすでに日本に伝わっているが、奈良時代に行われたかどうか。朱は愛用されたらしくて頬紅がかなり濃く刷《は》かれている。唇は小さいが厚めで両端がキュッと締り、それへも濃いルージュがさしてある。

　眉は蛾眉《がび》という、太い長い三日月眉、目は切れ長で、鼻筋は通っているが高すぎず、人中《じんちゅう》は深い。古墳時代の埴輪の女性の、素朴な美しさの代わりに、妖艶な官能美がある。眉間《みけん》に緑色の花鈿《かでん》、唇の両端にも靨鈿《ようでん》がほどこされ、それがいっそうセクシーで、ともかく凝ったメーキャップは、いかにも原色・極彩色の好きな天平びとらしい。そういえばこの時代の貴族はテーブル・椅子を日常に用い、鳥獣の肉を食べ（仏教のさかんな時代だったので一応、殺生禁止の勅令は出るものの、古代からの風習で、肉食をやめなかったようである）、チーズのような蘇《そ》という乳製品もあった。日本史上でもちょっと異類の文化を持っていたので、家持のこの歌も、和歌史上からみると、その泥絵具のような色彩感覚が珍しい。

　天平の大輪の花、というような一首である。

　越中赴任中の家持は、異郷で詩心を触発されたらしく、精力的に佳品を創作しているが、ことに妻が身近に来てからは、いっそう、うるおいのある美しい歌を多く詠む。

もののふの八十《やそ》をとめらが汲《く》み乱《まが》ふ寺井の上の堅香子《かたかご》の花

大伴家持（巻十九・四一四三）

さきの歌を作った翌日、「堅香子草の花を攀《よ》ぢ折《を》る歌一首」として出ているもの。「もののふ」は「八十」の枕詞。かたかごはカタクリである。春の遅い越中の国で、この薄紫色の花は、春の到来を告げる。

〈おお、まあたくさんの娘らが、入れ代わり立ち代わり、お寺の境内にある井戸の水を汲みにくる。春の来た喜びに、娘たちはいきいきと弾んで、しゃべり交し、入り乱れて水を汲んでいる。

その井戸のほとりに群がり咲く可憐なかたかごの花よ〉

さきの桃の花の歌は艶麗で、このかたかごの歌は清楚である。家持は越中にあるとき、しばし、現世の騒擾《そうじょう》を忘れ、心身がさわやかにリフレッシュされたもののごとくである。

朝床《あさとこ》に聞けば遥《はる》けし射水川《いみづかは》朝漕ぎしつつ唱ふ船人

大伴家持（巻十九・四一五〇）

「遥かに江《かは》を泝《さかのぼ》る船人の唱《うた》ふを聞く歌一首」とある。

射水川は富山県の西を流れる小矢部《おやべ》川という。

この歌、何とはない幸せの倦怠感というようなものがあって、私には印象的である。

〈めざめるともなく、ねむるともなく
うつらうつらとする朝床に
はるかな射水川を朝漕ぎしつつ
唄う舟人の唄が聞こえる〉

春のあかつきのうつらうつらは快い。

隣の床には妻が眠っている。妻と遠く離れていたときは妻恋の思いが「千重《ちへ》」に積り、「近くあらば　帰りにだにも　打ち行きて　妹《いも》が手枕　さし交《か》へて　寝ても来《こ》ましを」（巻十七・三九七八）と歌ったが、その妻はいま身近に在る。

それでいて、かすかな孤独感を掃《はら》いやらぬのは、この越中にいるときに聞いた弟・書持《ふみもち》の死であろうか。家持が越中の国に赴任するとき、弟は馬で奈良山を越え、泉川（木津川）まで送ってくれたのであった。兄弟たがいに別れを惜しみ、「ま幸《さき》くて　我《あ》れ帰り来《こ》む　平らけく　斎《いは》ひて待て」と言い交して別れた。あれは越中の国守に任じられた年であった。七月に別れたのに、思いがけず九月に弟の訃を聞いた。

――そんなことも家持をしみじみとさせたのであろうか。家持はまだ都に還ったあとの自分を待つ、苛酷な運命を知らない。越中時代は彼のやすらぎの時代で、大伴池《いけ》主《ぬし》という一族の、心ゆるした歌友もいたし、創作欲も旺盛で、歌人としては幸せなころであった。

射水川の歌は、その幸福感に淡い憂愁が貼り合わされてデリケートな色調を生み、それが読む者の心に更に光耀《こうよう》をひきおこす。

しらべも流麗で、私はこの、一見何ということない歌がなつかしくて好もしい。

それにしても、舟人の歌は、どのような歌であったのか。東歌や防人の歌を蒐めるのに意欲的だった家持は、鄙歌《ひなうた》の歌詞にも心とめたにちがいない。

この節は家持の佳作抄でまとめようと思ったが、第一章に洩れた秀歌をすこし拾っておく。

一つ松幾代か経《へ》ぬる吹く風の音《おと》の清きは年深みかも

市原王《いちはらのおおきみ》（巻六・一〇四二）

天平十六年（七四四）一月十一日の作。「活道《いくぢ》の岡に登り、一株《ひともと》の松の下《した》に集ひて飲む歌二首」として、この市原王の歌に、家持が和して、

「たまきはる命は知らず松が枝《え》を結ぶ心は長くとぞ思ふ」（巻六・一〇四三）

と歌っている。

市原王は「百首選」にも入っていた志貴皇子《しきのみこ》の曽孫である。志貴皇子は天智天皇の皇子、

「石走《いはばし》る垂水《たるみ》の上のさわらびの萌え出づる春になりにけるかも」（巻八・一四一八）

の歌で有名である。その子には湯原王や白壁王（のちの光仁天皇）とともに春日王がいたが、春日王の子が安貴王《あきのおおきみ》、市原王は、その安貴王の子で、代々『万葉集』に作品をとどめている歌人一族だが、この「一つ松……」の歌は気品高く玲瓏としてい

て、曽祖父の歌にも劣らない。

〈この岡の一つ松は、まあ、幾代を経たのであろうか。枝を鳴らして颯々《さっさつ》と吹きぬける松籟《しょうらい》の気高さよ。その音の清らかなのはあまたの年を重ねたゆえであろうか〉

市原王らがその老松のもとで酒宴したという、活道《いくじ》の岡はどのあたりか、まだわからない。この天平十六年の頃、奈良の都は棄てられて、未完成の都、久邇《くに》京に遷《うつ》っていた。その翌年、またあわただしく旧都の奈良へ還ることになるのだが、この歌は久邇京の近くの岡であろう。

花やほととぎすを賞《め》でる歌の多い時代に、市原王は、老松のすがすがしさに畏敬の心をもって歌う。凛烈な松の姿は、詩人の感動をよびおこしたのであろうか。松風を耳もとで聞くようで、この歌、私には清涼感がある。

王朝には松のうたが多いが、この歌のように、松の葉の緑、その葉先の鋭さまで印象させられるような作品はない。万葉びとの歌、そして男のロマンを思わせる歌といえよう。

奈良山の児手柏《このてかしは》の両面《ふたおも》にかにもかくにも佞人《こびと》が伴《とも》

消《せ》奈行文《なのぎょうもん》（巻十六・三八三六）

「佞人《こびと》を謗《そし》る歌一首」としてみえる。巻十六はちょっと変った歌ばかりあつめた巻である。

〈奈良山の児手柏のように、あのおべっか使いの連中は、あっちにもこっちにもうまいことをいって、全くフタオモテというか、双方にいい顔をするんだから、やりきれんよ〉

コノテガシワ、というのはナラの若葉という説もあるが、松田修の『萬葉の花』では、側柏、今いうところのコノテガシワだろうとある。子供の手のような形の葉で、裏表が同じよう、沖縄の方言にも、この木のことを「フタオモテ」というとある。沖縄や奄美に万葉の古語が多いのは、早くからいわれるが、コトバは南海諸島のほうが先で、古語はそこから内地の島々へ伝わったのではないかと私は考えている。

ところでこの作者は大学寮の学者先生である。

この歌の、いかにもブツブツと一人腹を立ててつぶやくようなリズムがおかしい。いや、それはこちらがそう思うだけで、本人はおかしいどころではなく、大まじめである。学者の世界にも政治感覚のある人、処世術に長《た》けた人、さまざまあろうが、また学者馬鹿というような、学問以外には無頓着で、無垢な人柄の先生もいるに違いない。そういう人から見ると、フタオモテで、口のうまい人は、唾棄《だき》すべき奸佞人《かんねいじん》とみえたであろう。

大まじめに腹を立てているところが、何となくユーモラスで、『万葉集』のふところ深いゆえんである。

うち日さす宮に行く児《こ》をま悲《がな》しみ留《と》むれば苦しやればすべなし

大伴宿奈麻呂宿禰《おおとものすくなまろのすくね》（巻四・五三二）

宿奈麻呂は安麻呂《やすまろ》の第三子で、旅人の弟、坂上郎女の異母兄である。郎女と結婚している。旅人が筑紫へ赴任中に亡くなったらしい。

〈宮仕えのため宮に召されてゆく子よ。宮廷へ上れば、もうお前は一般人の手にとど

かない身になってしまう。その子のいとしさ、引き留めれば心苦しいし、行かせるのもやるせないし悶々とするばかり〉

　これは采女に召された少女を歌ったのであろうか。

宿奈麻呂は備後守に任じられていたことがあるので、その頃、備後の国から貢進される采女のことを詠んだ、と解されている。采女は宮廷に仕え、時として天皇に寵幸されるので、一般人とは接触を禁じられる。采女と愛し合って罰せられた例も多い。宿奈麻呂はその采女の中に、心奪われる少女を見つけたのであろう。その少女のことが忘れられずに「留むれば苦しやればすべなし」と歌うのであろうか。この歌につづいて、

「難波潟《がた》潮干のなごり飽くまでに人の見む児《こ》を我し羨《とも》しも」（巻四・五三三）

〈難波の干潟、その潮干のさまは見飽きぬほど心奪われるが、そのようにあの子を心ゆくまで見られる人が、私はうらやましい〉

　ところで私は宿奈麻呂のこの歌は、ひょっとして、大伴坂上郎女を歌ったものではないかという想像を楽しむのである。宿奈麻呂は郎女の異母兄ではあるが、かなり年齢は違っていたろう。郎女は当時、十四、五、六ぐらいか、この才気煥発の美少女は穂積皇子に愛されて、「寵《うつくしみ》を被《かがふ》ること儔《たぐひ》なし」（巻四・五二八の左註）という状態だった。郎女を愛していた宿奈麻呂は「人の見む児を我し羨しも」と、せつなかったの

かもしれない。

二十以上年長と思われる彼は郎女を遠くから眺めているだけだった。穂積皇子が薨《こう》じたあと、郎女は藤原麻呂としばらく愛人関係になっていたらしい。宿奈麻呂との結婚はそのあとである。

穂積皇子の邸を「うち日さす宮」と表現するのは不適当かもしれない。しかし小説的想像を逞《たくま》しくすれば、中級官僚にすぎない宿奈麻呂から見ると廟堂の第一人者である穂積皇子のもとへゆく児を、「留むれば苦しやればすべなし」と歌わないではいられなかったかもしれない。

古《ふ》りにし嫗《おみな》にしてやかくばかり恋に沈まむたわらはのごと

石川郎女（巻二・一二九）

この石川郎女は、大津皇子の宮の待女だったとある。大津と草壁に愛されたあの石川郎女と同一人かもしれない。この歌は、宿奈麻呂に贈っている。宿奈麻呂にとっては、少なくとも坂上郎女よりも年代的に同じ世代である。

〈私も年を取っちゃって、こんなお婆さんになってしまったのに、まあ、何てことでしょ、この年になってこんなに恋に溺れるなんて。まるでがんぜない子供みたいに。こんなことってあるかしら〉

宿奈麻呂と石川郎女は、ともに大津の横死も草壁の早逝も見てきた、同世代の戦友といっていい。その四十代の大人の男女が、こんなことをいって戯《ざ》れ交している。『万葉集』にある、老いびとの恋を歌う歌は、必ず酒宴の戯《ざ》れ歌という口吻を伝えている。自省自嘲の匂いを伴うものが多い。しかし結構その手の歌は多くて、これは熟年層も、相聞をかなり楽しんだように思われる。

さて、越中から都へ還ったのちの家持の歌でもって、本書を締めくくろう。

剣《つるぎ》大刀《たち》いよよ研《と》ぐべし古《いにしへ》ゆ清《さや》けく負ひて来《き》にしその名ぞ

大伴家持（巻二十・四四六七）

〈剣大刀をいよいよ研いでおけ。古代からわが大伴は、心清きますらたけ男《お》として、誠の心で大君にお仕えしてきた。誇りを負って生きた、その大伴の名を辱しめまい

ぞ〉

　都は政争にあけくれている。藤原仲麻呂派のパワーに押されて橘諸兄《もろえ》は政界から追われ、聖武天皇は崩ずる（天平勝宝八年）。一族の大伴古慈悲《こしび》は讒言《ざんげん》によって捕えられ、不穏な空気である。家持は大伴宗家のあるじとして、一族の軽挙をいましめる長歌を作った。その短歌の一つがこれ。大伴家は古来から武門の家としてのプライドは高いが、藤原一族の政治力には打つ手はなく、じりじりと窮迫にかたむく。天平勝宝九年（七五七）、かねて家持が私淑し、心を寄せていた橘諸兄が死ぬ。天下の実権は藤原仲麻呂が握り、皇太子の廃立も敢行する。

　諸兄の子、奈良麻呂《ならまろ》が叛乱を起したのはその年、七月だった。誘われたに違いないが、家持は自重して立たなかった。

　大伴宗家の長老として、大伴の家を賭けるような一か八かの挙には出られなかったのだろう。藤原一族の専横に内心は激憤しているが、それだからこそ、よけいに「族《うがら》を喩《さと》す歌」（巻二十・四四六五）には力がこもるのだった。

　奈良麻呂の変に坐した人々のほとんどは殺され、あるいは流された。

　家持はその叛乱にかかわらなかったが、大伴一族ということで、消極的参加を仲麻呂から咎められたのかもしれない。翌天平宝字二年（七五八）六月、因幡国の国守に貶《へん》されて都を出発する。かつての越中の国より、因幡の国は格が低いから、あきらかに左遷である。

そこまでなだれてゆく運命を、家持は見据えていたのかもしれない。

さきに越中の国から還ったあと、天平勝宝五年（七五三）春、二月二十三日、彼は歌う。

春の野に霞たなびきうらがなしこの夕光《ゆふかげ》に鶯《うぐひす》鳴くも

大伴家持（巻十九・四二九〇）

うらうらに照れる春日《はるひ》に雲雀《ひばり》あがり心かなしも独りし思へば

大伴家持（巻十九・四二九二）

左註にいう。「春日遅々《ちち》にして、鶬鶊《うぐひす》正《ただ》に啼《な》く。悽惆《せいちう》の意、歌にあらずしては撥《はら》ひかたきのみ。よりて、この歌を作り、もちて締緒《ていしょ》を展《の》ぶ」

春愁のかなしみは、歌でなければ掃えぬと家持はいう。この二首は現代の言葉になおす必要もないであろう。

越中時代の幸福の孤独感とは別に、家持は、人が生きることの悲哀感、美しさのあまりの不安感をおぼえている。素朴、蒼古たる生の歓喜ではじまった『万葉集』は、いまゆるやかに巻々が展開して、ついに近代的憂愁を歌うに至る。王朝をとびこえて、家持のこの歌群の新しい美しさ。

家持は因幡へ去った。

天平宝字三年（七五九）正月一日、因幡の国庁で朝拝があり、元旦の宴が設けられる。このとき家持四十二歳。

国庁の庭にはほどろに雪が降っていた。

新《あらた》しき年の初めの初春《はつはる》の今日降る雪のいやしけ吉事《よごと》

大伴家持（巻二十・四五一六）

〈新しい年のはじめの初春の今日、雪は降り積る。そのようにいよいよこの上にも、絶ゆることなく、吉《よ》きことの重なれかし〉

そしてこの歌で、静かに『万葉集』は閉じられる。以後、六十八で死ぬまで家持は、歌わぬ歌人となる。この歌を口ずさむ家持の心には、六年前の正月に、石上宅嗣《いそのかみのやかつぐ》の邸で道祖王《ふなどのおおきみ》がよんだ、「新《あらた》しき年の始《はじめ》に思ふどちい群《む》れて居《を》れば嬉しくもあるか」が、あったかもしれない。道祖王も奈良麻呂事件に連坐して拷問されて死んだ。人の世の騒擾を超えて残るものは、清き直き明《あか》きまことの心と、歌だと、家持は言いたいのかもしれない。みずからの歌、数しれぬ人々の歌、位ある人も名もなき民も、うつし身は消えても歌はよろず代に残れ、と家持は願ったのであろう。

いつ熄《や》むともみえぬ政界の争いの向うに家持は、善なる人の心を信じていた。歌の奇《くす》しき力を信じ、千年二千年ののちまで読み継がれ、愛され継がれてゆくことを念じた。

私たちも家持のその心に共鳴して、『万葉集』を賞で愛しみつつ、巻を閉じよう。

解説　田辺聖子の万葉エッセイ

中　周子

『万葉集』は千二百年以上も読み継がれてきた我が国最古の歌集である。「令和」という新元号の典拠となったことをきっかけに、近年にわかに注目を浴びている。この風潮に、昭和初期の熱狂的な万葉信奉を思い起こされた方も少なくないのではないだろうか。昭和を生きた田辺聖子も万葉熱を鮮明に記憶しており、本書にも次のように書かれている。

> 私の学生時代はおもに昭和十年代の後半だったから、教わる古典、世間で目に触れる古典、ほとんど「万葉」一色であった。（中略）一部の学者と軍人は国粋主義や日本精神と『万葉集』を結びつけようとした。実際、私たち学生が教わるのは、勇ましい戦意昂揚歌や、天皇への忠誠の歌ばかりであった。（一一頁）

古典文学は、それぞれの時代に特有の様々な解釈が付与されて享受されるものである。それにしても、昭和初期における『万葉集』ほど時代を反映した特異な解釈が付与されて読まれた古典はないであろう。しかし、いかなる時代や文化の相違があろうとも、それらを超える普遍的な人間の真情が『万葉集』には歌われている。時空を超えて人々の心を魅了する歌集なのである。

これまで刊行されてきた『万葉集』に関する評釈や鑑賞の書は夥しい数にのぼる。その中で、本書は、従来の万葉評釈とも秀歌鑑賞とも、ひと味違っている。田辺聖子流の万葉エッセイとよぶべき内容である。

本書は、「萬葉百首散歩」（第一章）と「新・萬葉散歩」（第二章）をもとに編まれている。いずれも主婦の友社が発行する月刊誌『Ｄａｍｅ』（一九八四年七月に創刊され、一九八七年八月、四巻八号・通巻三八号をもって終刊した）に連載された文章である。

第一章のもとになった「萬葉百首散歩」は、『Ｄａｍｅ』創刊号から第一〇号（一九八五年四月）まで、毎回一〇首、合計百首を取り上げたものである。ただし、この百首は田辺聖子の選歌ではない。一九二七年（昭和二）に、主婦之友社が歌壇の十大家に秀歌の予選を依頼し、さらに全国の読者の投票を募って選出したものである。百首に限られたのは、「萬葉百首繪かるた」の制作のためであった。かるたの絵は当時活躍中の画伯、平福百穂、安田靫彦、小林古径、前田青邨、野田九浦が描き、書は尾上柴舟が染筆した「美しい芸術品」（一二頁）であったという。同時に、太田水穂による現代語訳を中心にした簡潔な『萬葉百首選評釈』（昭和三年一二月一五日、主婦之友社発行、二〇一七年復刻）も出版されている。昭和初期に制作された「萬葉百首繪かるた」が、半世紀を経て『Ｄａｍｅ』創刊時に発見されたことをきっかけに、和紙木版手刷による覆刻と「萬葉百首散歩」の連載が企画されたのである。自らの選歌ではないとはいえ、田辺聖子は百首を選んだ当時の人々の万葉観に深く共感している。

> この「萬葉百首選」には『万葉集』と当時の国粋主義との蜜月を示す作品も採られているけれども、恋歌も叙景歌もひとしく拾い上げられて、当時の人々の目くばりがゆきとどいていることを思わせる。（一二頁）

そして、四季折々の自然や古代から変わらない人間の真情を詠じている万葉歌を、ユーモアを交えて読み解いているのだが、「国粋主義との蜜月を示す」歌についての筆致は厳しく鋭い。例えば「御民《みたみ》われ生けるしるしあり天地《あめつち》の栄ゆる時にあへらく思へば」（五二頁）という歌は、戦争中に盛んに朗誦された歌であった。戦争を勝ち抜き日本帝国の栄光を守るという重大な目的を果たす時代に、日本国民に生まれたことを誇りに思うべしと、戦意昂揚に利用された歌である。しかし、「食糧難と空襲におびやかされ」ていた人々が、生き甲斐を感じて意気揚々と喜びに溢れているはずはなかった。しかも、そのような状況下でこの歌を朗誦しつつも「『生けるしるしあり』とはどういうことか、考えるすべももたなかった」という、戦時下の自己を厳しく見据える田辺聖子の省察は深い。本来の万葉歌は「天地の栄えているこの聖代に生まれ合わせた幸せ」を、「荘重なおもむき」で歌い上げた「のびのびと大きい」歌であるにもかかわらず「恣意的《しいてき》な彩りをほどこして、時代精神のより所にする」あやまちを、指弾するのである。

　万葉の時代と作者への豊富な理解に基づき、万葉歌本来の読みを拓いてゆくのが「萬葉百首散歩」である。

　第二章のもとになった「新・萬葉散歩」は、『Ｄａｍｅ』一九八五年五月号から九月号にかけて五回連載された。「萬葉百首散歩」と異なるのは、田辺聖子が「私の好きな歌」を中心に選んでいることである。とはいえ、巻頭歌と巻末歌を含み、代表的な歌人や防人《さきもり》はじめ無名の作者の歌、自然の歌、恋の歌、人生の歌と多彩な歌が選ばれているので『万葉集』の全体像を窺《うかが》い知ることができる。それでいて、いわゆる有名な歌や秀歌に限らないのが面白い。四千五百余首の中から、よくぞこの歌を見出されたと思われる歌も少なくない。中でも、恋愛小説の名手であった田辺聖子らしく、実にさまざまな恋の歌が多く選ばれている。

「ただ一目相見し人の夢《いめ》にし見ゆる」という稚《おさな》い初恋の歌、「わが思ふ君はただ一人のみ」という純情な乙女の恋歌、夫の視線から「面隠《おもかく》さゆる」可憐な新妻の歌、流罪の地に赴く夫の道程を「焼き亡ぼさむ天の火」を熱望する激しい恋の歌、煤まみれの古女房を「常めづらしき」といつくしむ夫の愛の歌、「恋に沈まむ」と自嘲する老い人の歌、徴兵されて西海にむかう防人たちの父母や妻子への愛と哀しみを詠じた歌々。『万葉集』を「愛の歌集」と呼び、「人間の真情は千年、二千年のちにも残るはず」だという、田辺聖子らしい選歌である。

　本書の特色は現代語訳のわかりやすさにある。『万葉集』第一首目の長歌（一八二頁）の歌い出しの「こもよ、みこもち、ふくしもよ、みぶくしもち、このをかになつますこ……」という現代人にとっては呪文のように難解な歌句も、田辺聖子の手にかかると、次のような平明きわまりない現代口語に置き換えられる。

やあ、いい籠《かご》だな、いい籠持って
やあ、いい掘串《ふくし》だな、いい掘串持って
この岳で、菜を摘んでおいでの娘さんや

春の野で菜を摘む娘に呼びかけた歌であることがすんなりとわかる訳だ。

しかし、次の歌は、単にわかりやすく訳されているだけではない。歌われていない作者の心情が、鮮やかに読者の眼前に立ち現れてくる。「神奈備《かむなび》の石瀬《いはせ》の杜《もり》の呼子鳥《よぶこどり》いたくな鳴きそ我が恋まさる」（五五頁）という歌は、初句から続く固有名詞「神奈備の石瀬の杜」や「呼子鳥」と、「我が恋まさる」という心情との結びつきが、やや伝わりにくい歌である。「我が恋」とはどのような恋なのか、言葉の上には表されていない。この歌に込められた王女の恋心は、次のように読み解かれる。

> 森は鬱蒼《うっそう》と茂りに茂り、奥は仄暗《ほのぐら》く静もりかえっている。そのとき人の魂を誘うように小鳥の声がこだまする。王女は秘めた恋を誰にもうちあけていないのかもしれない。ただ神秘的な鳥の声に耳をかたむけ、人知れぬ恋の苦しさの傷を、みずから庇《かば》っている……。（五六頁）

歌われている光景と鏡王女の心情が、読む者の脳裏に美しい像を結ぶ。現代語訳という次元では決してない。原歌への深い共感をもって、田辺聖子が描きなおした情景なのである。

このような平明な現代語訳や作者の心情を汲む解釈は、歌の背景や歌人や歌語に関する博識に裏付けられている。例えば、「千万《ちよろづ》の軍《いくさ》なりとも言挙げせず取りて来《き》ぬべき男《をのこ》とぞ思ふ」という高橋虫麻呂の歌（一一八頁）は、西海道節度使という軍政と防備の任を遂行すべく九州に赴く藤原宇合《うまかい》の壮行会で詠まれた歌である。宇合は、これまでも遣唐副使や、長屋王の謀反の抑圧、蝦夷鎮圧など数々の任務を成し遂げてきた名高い勇士である。虫麻呂は、宇合こそ千万人の大軍勢をも討ち負かす益荒男《ますらお》なのだと武勇を讃え、武運を寿《ことほ》いでいる。この虫麻呂の歌に、壮行会の折に宇合自身が作った次の漢詩（『懐風藻』所収）が併せ記されている。

往歳東山役　今年西海行　行人一生裏　幾度倦辺兵
（往く歳は東山の役《えき》　今年は西海の行《こう》　行人一生の裏《うち》　幾度か辺兵《へんぺい》に倦《う》まん）

そして、「一生をこんな辺境の長官で過ぎてしまうのかなあという長大息が聞える」ようだと記されるのである。当人の本音をもらした漢詩を併せ記すことで、「千万の軍なりとも……」という勇ましい万葉歌が、いかに「建前の歌」であったかを浮かび上がらせている。むしろ、この虫麻呂の歌は、あたかも戦地に出兵する者を見送る人々が「生きて帰ってほしいと、あからさまにいえなかった」がゆえに、「勇ましく送らねばならなかった」気持ちを代弁するかのような歌だという読みを提示する。一編の漢詩の引用によって、万葉歌が戦意昂揚に用いられてきたことの無意味さをも示唆するのである。

本書の面白さは、田辺流の解釈の面白さでもある。例えば、「馬買はば妹《いも》徒歩《かち》ならむよしゑやし石は踏《ふ》むとも吾《あ》はふたり行かむ」という作者未詳の歌（九五頁）は次のように読み解かれる。

この歌は、貧しくて馬を持たないために険しい道を徒歩で通う夫を案じた妻が、母親の形見の「真澄鏡《まそかがみ》」と「あきつ領巾《ひれ》」を売って馬を買うことを提案する歌に、夫が応《こた》えた歌である。ただし、いくつか辻褄の合わない点がある。まず、妻の歌によれば、妻は、夫が幾度も徒歩で通っていくのを見送って悲しんでいる。一方、夫の歌には、自分が馬に乗ったら、妻は歩かねばならないと言い、さらに、「ふたり（歩いて）行かむ」と言う。しかし、馬を買ったら何故二人で行くのか、そもそも夫は何処へ行くのか。そんな疑問が湧く歌で、この点についての種々の仮説を記す注釈書もある。

ところが、田辺聖子は、時代背景の考証や知識のみによって、この歌を理解しようとはしていない。何よりも妻を思う夫の心情を深く酌んで、妻を愛する「夫のユーモア」を見出すことで、理詰めの疑問をいとも簡単に解決してしまうのだ。すなわち、山城路を馬に乗って行けば自分は楽になるが、そのために、妻が大切な母親の形見の品を売って悲しい思いをすることを、比喩的に歌ったのだと読み解く。だから「石を踏んでも二人で歩いていこうよ、というのも、抽象的な表現」で、妻と一緒ならばどんな艱難辛苦《かんなんしんく》も何でもないと言う意味で、夫は「妻が思いつめた表情で夫婦愛を発揚したとき、それを機智と諧謔《かいぎゃく》でもって大らかに返し、妻の申し出よりもっと大きな愛のプレゼントで報いている」のだと解釈する。さらに、「妻の言葉通りにして馬を買ったら、それは献身の毒気に中《あ》てられてしまうことになり、愛ははや、腐臭をたてはじめる」という一節は、田辺流「夫婦愛」の哲学である。「妻が鏡と領巾を日常愛着しているのを、ようく知っていた」夫の優しさを読み取り、この歌のような「男のやさしい一言で、女はどんな困難にも堪えることができる。これを男の可愛げという。（中略）日本の女たちは千二百年にわたって、男のこういう可愛げを珍重し、賞でてきたのだ」と、田辺作品（ことに恋愛小説）の愛読者にはお馴染みのフレーズ「男の可愛げ」を持ち出して、「あらまほしき夫婦愛」を語る。

本書は、あくまで『万葉集』の鑑賞が中心なのだが、どの頁からも田辺聖子らしい朗らかであたたかい人間観が窺えるのである。

「散歩」と題するように、あらかじめ決まった目的地を目指すのではなく、気の向くままに、道すがら四季折々の風景や花を眺めて、寄り道を楽しむ散歩のような筆致で、『万葉散歩』は書かれている。それでいて、各回には歌をまとめるゆるやかなテーマがあり、それぞれの回ごとに、自然の景物や古人の人生や真情への感動があり、人を愛することや生きることの憂いと喜びに気づかせてくれる。本書は、古くから読み継がれてきた『万葉集』の魅力をユーモアたっぷりに語った田辺聖子の万葉エッセイなのである。

それにしても、コロナ禍の「令和」の世に本書が出版されることの意味は大きい。戦時下の少女時代を回想して、田辺聖子は「あの酷烈な戦争を生きのびるのに、私は、詩や小説や絵や、美しいコトバなどが手もとになければ、ひからびてゆく気がしていた」（『欲しがりません勝つまでは』「あとがき」）と書いている。過酷な現実に直面せざるを得ない時こそ、心を感動で満たす文学の「ことば」が必要であるに違いない。

本書を片手に、万葉のことばの森へ散歩に出かけよう。田辺聖子の誘う『万葉集』の世界へ。いにしえの万葉びとに、そして、お聖さんの笑顔に出会えることを期して。

令和二年六月六日　田辺聖子さんの一周忌に

（なか・しゅうこ／田辺聖子文学館館長・大阪樟蔭女子大学名誉教授）

解説　昭和の万葉集、現代の万葉集

酒井順子

若い頃、田辺聖子さんの本の中で「来し方行く末」「あらまほし」など、文章の中にさりげなく古語が散りばめられた部分を読んでは、いつも「素敵……」と思っていた。こんな風にさらっと古語を使うことができるとは、なんて格好いいのだろう、と。

文中に古語を使うことによって、そこにはちょっとした歯ざわりの違いが生じるのだが、それは外来語のようにギラギラしてはいないし、気取ってもいない。いにしえの言葉が、文章に深いコクを与えるのだ。

本書においてであれば、たとえば額田王《ぬかたのおおきみ》の、

「あかねさす紫野行き標野《しめの》行き野守《のもり》は見ずや君が袖振る」

を紹介する文章に、

「この歌の愛すべき明るさ、派手やかさ、心ときめきする美しいしらべはどうだろう」

とある。

枕草子の「心ときめきするもの」でも馴染みのある「心ときめき」を古語辞典で引くと、「期待に胸がふくらむこと」「どきどきすること」などとあるのだった。わくわく、どきどき、といった胸の高鳴る感じが、「心ときめき」。まさに額田王の歌は、読む者の胸を高鳴らせるような爽快感をもたらしてくれる。

しかしここで「わくわく」「どきどき」といった言葉を使用しても、この歌の魅力は、読者に伝わるまい。「心ときめき」であるからこそ読者に届く高揚感が、そこには確実に存在している。

文章の中に自然に古語を生かすことができるのは、著者が子供の頃から古典に親しんできたからであろう。古典の世界に魅了されて成長してきた様子は様々な著書にも記されているが、本書においても山部赤人《やまべのあかひと》の、

「春の野にすみれ摘みにと来《こ》し我ぞ野をなつかしみ一夜寝にける」

を少女時代に読んだ時の印象が書かれている。そこには、この歌をすんなり理解できることが嬉しかっただけでなく、「少女は眼をまるくみはり、唇をまるく開《あ》けて、『万葉の男ぶりのやさしさ、朴直《ぼくちょく》の良さ』に感動した」とあるのだ。

ここに我々は、少女時代から変わらない著者の感受性を見ることができる。すみれを摘みに野に赴《おもむ》いたが、夢中になるあまり一夜をそこで過ごしてしまった、という赤

人の歌を読んで、凡百の少女であれば、「そうか、楽しかったのね」で終わることであろう。

対して著者は、野の美しさに感動して一夜を過ごす赤人の純粋な心に、感じ入る。一二〇〇年も前の男性が、野遊びに夢中になって時を忘れるという、自分達と同じような心を持っていたなんて、と少女は目を丸くしたのだ。

古典の登場人物の中に、自分が生きている現代に通じる感覚を発見することは、読者にとって大きな喜びである。書き手と読み手の間に横たわる長い時が急に縮まり、彼我が同じ人間であることを理解することができるのだ。

特に万葉の時代の女性達は、その後の平安時代や武士の時代よりも、現代の我々と通じる感覚を持つ人が多いことが、本書を読むと理解できる。嫉妬の歌を詠む磐姫《いわのひめ》皇后《おおきさき》については「現代の我々から見るとそこには人間としてのプライドと自我を貫き通したいさぎよさがあり、魅力ある女性像である」とある。持統《じとう》天皇は「男と同等に戦い、勝ち抜いてきた」のだし、柿本人麻呂《かきのもとのひとまろ》の歌に詠まれる織姫は、露に濡れることを厭《いと》わず、積極的に彦星の到来を待っている。

すなわちこの時代の女性達は、規範に縛られることなく、自己の感情や能力、そして欲求を解放しているのだ。その姿は、かつての女性達を縛ってきた様々な規範が解《と》けつつある時代に生きる今の女性と共通するのであり、だからこそ私達は万葉の女性達に励まされるのであろう。

田辺聖子は、少女の頃から万葉集のみならず様々な古典と密に接し、そこに登場する人物と心を通わせるという経験を幾度となく得てきた。いにしえ人達の詩歌や文章を読むうちに、少女の心の中では、その作者や登場人物達が、いきいきと動きだしたに違いなく、そんな少女は長じてのち、小説を書くようになる。古典は彼女にとって、物語を生み出す火種のような役割を果たしたのではないか。

やがて彼女は、同時代に生きる人々を、古典の世界へといざなう本も記すようにもなっていく。本書もその一冊であるが、本書が他の古典もの作品と異なるのは、ベースとなっているのが、昭和初期に主婦之友社で作られた「萬葉百首繪かるた」という部分である。

「萬葉百首繪かるた」が作られたのは、昭和二年（一九二七）。昭和恐慌等による退廃的な空気が漂う中で、翌年には張作霖《ちょうさくりん》が日本軍によって殺される満洲某重大事件が発生する。この事件が日中戦争へとつながっていくということで、戦争への予感のようなものも、漂っていたのかもしれない。

やがて戦争へとなだれ込んでいくと、万葉集の防人《さきもり》達による歌は、愛国心や戦意の高揚のために〝利用〟されるようになる。人心を鼓舞する歌として、そして天皇を賛美する歌として、万葉集が使われたのだ。

田辺聖子はそんな時代に、心の柔らかな時代を過ごしていた。その青春期を描いた自伝的小説『私の大阪八景』では、女学校に通う主人公が修身倫理の授業で、「御民《みたみ》ワレ、生ケルシルシアリ、アメツチノ、栄ユル時ニ逢エラク思エバ……よろしいか、御民われというのは、陛下の忠良なる臣民である我よ、という意味だ。胸張って万世一系の大君をかみに頂き、世界をかっぽする日本民族の沖天のあらわれだな」などと、海犬養宿禰《あまのいぬかいのすくね》岡麿《おかまろ》の歌についての講義を受けている。この歌を題材に、「八紘一宇《はっこういちう》の大精神」が生徒達に叩き込まれるのであり、主人公がまっすぐにその教えを信じる軍国少女として育っていくのは、没後に刊行された『田辺聖子　十八歳の日記』を読んでもわかる通り。

　戦争の時代、「御民われ」や「今日よりは顧みなくて大君の醜《しこ》の御盾《みたて》と出で立つわれは」（今奉部与曽布《いままつりべのよそふ》）の中の「醜の御盾」は、国民に対してほとんど慣用句かのように頻用されていたのだった。「御民われ」の歌について田辺は、この歌を暗唱させられたのは学徒動員のころだった、と本書に書く。「万民の苦難をよそに、この万葉秀歌はひとり燦然《さんぜん》と虚空に輝いていた」のであり、食糧難や空襲に脅かされていた人々は、「『生けるしるしあり』とはどういうことか」、と考えるすべももたなかった。

　本書は万葉集の魅力をわかりやすく濃縮した一冊であると同時に、詩歌がもたらす陶酔感が、時代によっては悪用されることに対して、静かに警鐘を鳴らす書でもある。

「民族遺産の古典を、ひとにぎりの人々が私《わたくし》した時代の弊風《へいふう》を思わないではいられない」

とも「御民われ」の歌の解説には記されているが、著者自身はまさに、強烈な「時代の弊風」の前に否応なく立たされた一人。戦争の折に利用された万葉の歌の数々が持つ真の意味が解かれる本書には、敗戦とともに埋もれてしまったそれらの歌の復権を願う気持ちと、二度と戦争が起きないようにとの祈りが込められているのではないか。

著者が古典に関する本を数多く書いたのは、単に古典の面白さを世に知らしめるためだけではないのだろう。古典は、後世まで伝えていくべき民族遺産であるからこそ、その価値を曲げずに引き継いでいく必要があると、著者は痛感していたのではないか。

「御民われ」の歌の解説には、

「現代の女性たちがそれぞれの立場から思い思いに古典を愛しはじめた風潮を、私は楽しいことに思う。女性たちは今後、特定の古典に恣意的《しいてき》な彩りをほどこして、時代精神のより所にするといったあやまちを、再び犯すまいとするだろう」

ともある。自分の好きなように古典を楽しむことができるのは、決して当たり前ではないと私達はこの一文を読んで知ると同時に、自分達の遺産である古典を、これからの世代に引き継いでいく必要性もまた、感じるのだった。

本書の最後には、万葉集をつくる時、大伴家持《おおとものやかもち》のあたまにあったのは、

（「愛の歌集」をつくろう！）

という思いだったのではないかと記されている。その時に彼は「人間の真情は千年、二千年のちにも残るはず」と信じていただろうともあるが、確かに思想や慣習、主義主張は時代とともに変化しても、人間の感情、特に「愛」は不変。「愛」の澄んだ輝きを放ち続けるこの歌集が、これからの千年、二千年も読み続けられているようにと、本書を読みつつ思うのだった。

（さかい・じゅんこ／エッセイスト）

初　出　第一章「萬葉百首散歩」『Ｄａｍｅ』（一九八四年七月号〜八五年四月号、主婦の友社）
第二章「新・萬葉散歩」『Ｄａｍｅ』（一九八五年五月号〜九月号、主婦の友社）

単行本　『田辺聖子の万葉散歩』（二〇二〇年六月、中央公論新社刊）

中公文庫

田辺聖子《たなべせいこ》の
万葉散歩《まんようさんぽ》

2023年11月25日　初版発行

著　者　田《た》 辺《なべ》 聖《せい》 子《こ》

発行者　安 部 順 一

発行所　中央公論新社
〒100-8152　東京都千代田区大手町1-7-1
電話　販売 03-5299-1730　編集 03-5299-1890
URL https://www.chuko.co.jp/

ＤＴＰ　平面惑星
印　刷　三晃印刷
製　本　小泉製本

Published by CHUOKORON-SHINSHA, INC.
Printed in Japan　ISBN978-4-12-207440-8 C1195

各書目の下段の数字はＩＳＢＮコードです。978－4－12が省略してあります。

中公文庫既刊より

た-28-12
道頓堀の雨に別れて以来なり 川柳作家・岸本水府とその時代(上)
田辺聖子
大阪の川柳結社「番傘」を率いた岸本水府と川柳に生涯を賭けた盟友たち……上巻は、若き水府と、柳友たちとの出会い、「番傘」創刊、大正柳壇の展望まで。
203709-0

た-28-13
道頓堀の雨に別れて以来なり 川柳作家・岸本水府とその時代(中)
田辺聖子
川柳への深い造詣と敬愛で、その豊醇・肥沃な文学的魅力を描き尽す伝記巨篇。中巻は、革新川柳の台頭、水府の広告マンとしての活躍、「番傘」作家銘々伝。
203727-4

た-28-14
道頓堀の雨に別れて以来なり 川柳作家・岸本水府とその時代(下)
田辺聖子
川柳を通して描く、明治・大正・昭和のひとびとの足跡。川柳への深い造詣と敬愛でその豊醇、肥沃な文学的魅力を描く、著者渾身のライフワーク完結。
203741-0

た-28-21
ゆめはるか吉屋信子 秋灯机の上の幾山河（上）
田辺聖子
大正、昭和と絶大な人気をほこった小説家・吉屋信子。少女時代から敬愛してやまない著者がその真の姿を描き尽くす本格評伝。上巻は『花物語』執筆と青春時代。
207378-4

た-28-22
ゆめはるか吉屋信子 秋灯机の上の幾山河（中）
田辺聖子
大正九年、長篇小説が認められた信子は流行作家の道を歩み始める。林芙美子や宇野千代、パートナー門馬千代らとの交流を描く本格評伝にして近代女性文壇史。
207395-1

た-28-23
ゆめはるか吉屋信子 秋灯机の上の幾山河（下）
田辺聖子
少女小説から出発した信子は歴史小説へ辿り着く。晩年ますます佳作を送り出し筆を擱くことのなかった作家の本格評伝、全三巻完結。〈解説〉上野千鶴子
207404-0

た-28-15
ひよこのひとりごと 残るたのしみ
田辺聖子
他人はエライが自分もエライ。人生はその日その日の出来心——七十を迎えた「人生の達人」おせいさんが、年を重ねる愉しさ、味わい深さを綴るエッセイ集。
205174-4

た-28-17

夜の一ぱい

田辺聖子
浦西和彦編

友と、夫と、重ねた杯の数々……。四十余年の長きに亘る酒とのつき合いを綴った、五十五本のエッセイを収録、酩酊必至のオリジナル文庫。〈解説〉浦西和彦

205890-3

た-28-19

大阪弁ちゃらんぽらん〈新装版〉

田辺聖子

「あかん」「わやや」……。大阪弁に潜む大阪人の気質と、商都ならではの心くばり。大阪弁を通して、大阪人の精神を考察するエッセイ。〈解説〉長川千佳子

206906-0

た-28-20

大阪弁おもしろ草子

田辺聖子

「そこそこ」「ぼつぼつやな」。短い言葉の中にも多様な意味やニュアンスが込められている大阪弁を通して、大阪の魅力を語るエッセイ。〈解説〉國村　隼

206907-7

さ-18-7

男の背中、女のお尻

佐藤愛子
田辺聖子

女の浮気に男の嫉妬、人のかわいげなどを自在に語り合い、男の本質、女の本音を鋭く突いた抱腹絶倒の対談集。中山あい子、野坂昭如との鼎談も収録する。

206573-4

さ-87-1

百年の女　『婦人公論』が見た大正、昭和、平成

酒井順子

「婦人と言えども人である」と言われた創刊時から一世紀。女の上半身と下半身を見つめ続けた一四〇〇冊余を繙いた異色の近現代史！〈解説〉中島京子

207377-7

し-6-53

司馬遼太郎の跫音《あしおと》

司馬遼太郎他

司馬遼太郎――「裸眼で」読み、書き、思索した作家。人々をかぎりなく豊かにしてくれた、巨大で時空を超える、その作品世界を初めて歴史的に位置づける。

203032-9

し-6-59

司馬遼太郎 歴史歓談Ⅰ　日本人の原型を探る

司馬遼太郎他著

出雲美人の話から空海、中世像、関ヶ原の戦いの人間模様まで。湯川秀樹、岡本太郎、森浩一、網野善彦氏らとの対談、座談で読む司馬遼太郎の日本通史。

204422-7

し-6-60

司馬遼太郎 歴史歓談Ⅱ　二十世紀末の闇と光

司馬遼太郎他著

近世のお金の話、坂本龍馬、明治維新から東京五輪まで。日本の歴史を追い、未来を考える。大宅壮一、三島由紀夫、桑原武夫氏らとの対談、座談二十一篇を収録。

204451-7

各書目の下段の数字はISBNコードです。978－4－12が省略してあります。

し-6-61
歴史のなかの邂逅1
空海～斎藤道三
司馬遼太郎
その人の生の輝きが時代の扉を押しあけた――。歴史上の人物の魅力を発掘したエッセイを古代から時代順に集大成。第一巻には司馬文学の奥行きを堪能させる二十七篇を収録。
205368-7

し-6-62
歴史のなかの邂逅2
織田信長～豊臣秀吉
司馬遼太郎
人間の魅力とは何か――。織田信長、豊臣秀吉、古田織部など、室町末期から戦国時代を生きた男女の横顔を描き出す人物エッセイ二十三篇。
205376-2

し-6-63
歴史のなかの邂逅3
徳川家康～高田屋嘉兵衛
司馬遼太郎
徳川家康、石田三成ら関ヶ原前後の諸大名の生き様や、徳川時代に爆発的な繁栄をみせた江戸の人間模様など、歴史のなかの群像を論じた人物エッセイ。
205395-3

し-6-64
歴史のなかの邂逅4
勝海舟～新選組
司馬遼太郎
第四巻は動乱の幕末を舞台に、新選組や河井継之助、緒方洪庵、勝海舟など、白熱する歴史のなかの群像を論じた人物エッセイ二十六篇を収録。
205412-7

し-6-65
歴史のなかの邂逅5
坂本竜馬～吉田松陰
司馬遼太郎
吉田松陰、坂本竜馬、西郷隆盛ら変革期を生きた人々の様々な運命。『竜馬がゆく』など幕末維新をテーマに数々の傑作長編が生まれた背景を伝える二十二篇。
205429-5

し-6-66
歴史のなかの邂逅6
村田蔵六～西郷隆盛
司馬遼太郎
西郷隆盛、岩倉具視、大久保利通、江藤新平など、明治維新という日本史上最大のドラマをつくりあげた立役者たち。時代を駆け抜けた彼らの横顔を伝える二十一篇を収録。
205438-7

し-6-67
歴史のなかの邂逅7
正岡子規～秋山好古・真之
司馬遼太郎
傑作『坂の上の雲』に描かれた正岡子規、秋山兄弟をはじめ、日本の前途を信じた明治期の若者たちの、底ぬけの明るさと痛々しさと――。人物エッセイ二十二篇。
205455-4

し-6-68
歴史のなかの邂逅8
ある明治の庶民
司馬遼太郎
歴史上の人物の魅力を発掘したエッセイの集大成、全八巻ここに完結。最終巻には明治期の日本人から祖父・福田惣八、ゴッホや八大山人まで十七篇を収録。
205464-6